毛傳鄭箋補正

陳緒平◎著

本書是江西省教育廳項目『清人輯韓詩文獻條辨與專題研究』（ZWG17105）結項成果之一，其出版同時得到井岡山大學古代文學學科經費的支持。特此鳴謝。

巴蜀書社

圖書在版編目（CIP）數據

毛傳鄭箋補正/陳緒平著. —成都：巴蜀書社，
2021.1

ISBN 978-7-5531-1428-6

Ⅰ. ①毛… Ⅱ. ①陳… Ⅲ. ①《詩經》—詩歌研究
Ⅳ. ①I207.222

中國版本圖書館 CIP 數據核字（2020）第 264203 號

毛傳鄭箋補正
MAOZHUAN ZHENGJIAN BUZHENG

陳緒平　著

責任編輯　肖　靜
封面設計　成都利智達印務有限公司
内文設計　四川勝翔數碼印務設計有限公司
出　　版　巴蜀書社
　　　　　成都市槐樹街 2 號　郵編 610031
　　　　　總編室電話：(028)86259397
網　　址　www.bsbook.com
發　　行　巴蜀書社
　　　　　發行科電話：(028)86259422　86259423
經　　銷　新華書店
照　　排　四川勝翔數碼印務設計有限公司
印　　刷　成都蜀通印務有限責任公司
版　　次　2021 年 1 月第 1 版
印　　次　2021 年 1 月第 1 次印刷
成品尺寸　130mm×185mm
印　　張　9.125
字　　數　180 千
書　　號　ISBN 978-7-5531-1428-6
定　　價　39.00 元

序

去年歲末，陳緒平博士攜其大著來北大，因其行程安排匆忙，得以晤談的時間比較短促，不過，我深感他是一個潛心讀書的年輕學者。此後抽時間陸續讀過他的書稿，更覺他研讀古書之深細，堪爲同輩中翹楚。我把自己的閲讀心得與他交流，不久他回復對書稿作了較大修改，並交由巴蜀書社出版。他希望我能在書前寫幾句話作爲序，我頗感惶愧。雖然我耽好且致力於古書細讀有年，可終覺志高學淺。不過，我一向以爲古書細讀乃面向或利用古籍從事研究的基礎和起點。古人自幼接觸和記誦古書，長時間涵泳其中，從而獲得豐厚的語感，因而能夠比較深入地理解和闡釋古書。今人絶少自幼即有條件接受系統的古書訓練，於從事與古籍相關之學習研究中又受到各種因素的干擾，仍是很難潛心古書。

然而古書若不細讀，則難以避免誤解，更無法得其精義。我與緒平在細讀古書方面既有相同的認識，也以身體力行細讀古書爲治學門徑，故引爲同道。因此，願意借此機會談談自己閱讀此書的一些感想。

唐宋以來古人反復強調古書須熟讀玩索，如《朱子語類》每談及讀書之法，屢言“涵泳”，朱熹解釋說：“所謂涵泳者，只是子細讀書之異名也。”朱熹經常告誡門生：“讀書須是子細，逐句逐字要見著落。若用工粗鹵，不務精思，只道無可疑處。非無可疑，理會未到，不知有疑爾。”蘇軾稱“故書不厭百回讀，熟讀深思子自知”，爲後世引爲讀書格言。緒平出身文獻學專業，好書成癡，據說他典藏古籍上萬冊。他深知從事與古典文獻相關的研究工作，首要的工作是精熟古籍。因此他在王小盾教授門下獲得博士學位在高校任教後，立志打牢學術地基，於是制訂了系統的閱讀計劃，以細讀古書古注帶動自己的科研教學。他每天都要搶在兩個孩子醒來之前起床，讀一個小時的古書，長年累月，堅持不懈。我經常看到他在朋友圈裏曬讀書圖片，很是欽佩他的恒心和毅力。

緒平讀書有校勘、考據的習慣，我看過他來京隨身攜帶的書冊上都有密密麻麻的批注，可知他讀書頗爲精細。他重視深思貫通，於無疑之處發見問題，廣參互證，在前人的基礎上提出自己的看法。比如前幾日他注意到《章太炎說文解字授課筆記》對“械”的解釋，其實是對段玉裁之說的擇善而從，熟悉文獻的他找來上海古籍出版社影印的宋本《經典釋文》覆核文獻，果然證實了段氏的說法。這本來就已經解決了“無盛”的武器叫“械”的問題了，當天很晚，他又請教孫玉文教授，學到了“械”“戒”同源的認識。這樣這個問題就完美地解決了。因爲“械”沒有“函套”（《說文》用“盛”字）所以需要戒備（守衛），以防不備。

緒平研讀《詩經》古注有年。他於精讀毛鄭之詩之時，遇有疑問或難曉其意之處，便搜羅多種名家注，進行比讀、疏解、補正。學須有根基，對於毛詩之學來說，從毛鄭之學起步是正途。在這部書中可以看到，緒平徵信清人十餘家，考據包括章太炎、王力等近人幾十家，且都有頁碼標識。這給學林帶來了很多方便。這樣一部讀書批注的結集是經典細讀的成果，細讀之中自有新知新見。比如書中討論“州”“洲”的古今字關係，又援引陸宗達先生做了一定的揭示。

從著述體例上看，本書采用札記的方式，是對傳統著述方式的禮敬與回歸。即用條辨的形式對毛詩古注內容做辨析、補疏、補正等。有話則長、無話則短，很多札記其實可以擴展成一篇論文，本書還是尊從古人做法，或語焉不詳或點到為止。本書條目都是從讀書批注中選出來的，並照顧了一定的趣味性。可是，定稿之際，再讀舊文，發現還是有些條目書生氣重，恐難逃讀者的掉書袋之譏。所謂敝帚自珍，捨不得刪除的部分，希得讀者理解。

自 2007 年師從熊良智教授攻讀碩士學位開始，《詩經》就成了我的常讀之書。2014 年在王小盾教授門下獲得博士學位後到江西工作，《詩經》及其古注幾乎成了每日必讀之書，遇到精彩之説就謄抄在《詩經通詁》《詩經注析》等書上，後來孔祥軍博士點校的《毛詩傳箋》出，早讀即多用此書。隨讀隨錄，竟抄錄了漢唐宋清名家注不下十家。積累日多，於是雜錯成冊，顏之曰《毛傳鄭箋補正》。一年在蓉城消夏，與昔日同窗肖靜女史憶及在獅子山讀書的光影。談笑間，我也性情，一口答應在其供職的巴蜀書社出版我的著述兩種，其一即是這本小冊子，另有一本書是《漢代韓詩文獻研究》，謹以這兩本小書以紀念我的研究生時代。

是為序略。

陳緒平

2020 年大暑，於洪城讀古人書室

目录

關雎

在河之洲。

毛傳曰："水中可居者曰洲。"

今按：三家詩作"州"。《說文》錄"州"字，釋義與毛傳同，引《詩》正作"在河之州"。州與洲系古今字關係，三家詩用古字。檢之古文字，毛傳所訓是。初，洪水滔天，水中陸地可居住者謂之州，古書中有"九州"說法，其來源頗古遠。今讀《爾雅・釋水》錄"水中可居者曰洲，小洲曰渚，小渚曰沚，小沚曰坻，人所為為潏。"（《爾雅》中華書局影印宋十行本，頁64）正如愛斯基摩人對雪有近百種名義區分一樣，這種水中陸地名的細緻區分正是上古人民繞水居住生活的文化遺存。今讀到陸宗達說"周""州""舟"同源。《說文》在"舟部"著錄"般"字，說這個字："從舟從殳，殳所以旋。"又在"服"下說："一曰車右騑，所以舟旋。"可見古人對舟船的命名來源於它可以在水中改變方向（周旋）。

陸先生讀書細緻入微，他還注意到《說文》“川部”著錄的“州”，說：“州，水中可居者曰州，周遶其旁，從重川。”可見“州”之得名也從水周遶而來。其說甚是。（詳參《古漢語詞義答問》中華書局2018年版，頁10）

窈窕淑女。

毛傳曰：“窈窕，悠閒也。”

魯诗曰：“窈窕，好貌。”

韓诗曰：“窈窕，貞專貌。”

今按：現存三家詩關於“窈窕”的訓說有近有遠，意義沒有本質區別。“窈窕淑女，君子好逑”毛傳說：“后妃有關雎之德，幽閒貞專之善女，宜為君子之好匹。”和韓詩“貞專”之訓相同，其中兩家都用了“貞專”一詞來解釋“窈窕”，是理解本詩的要節所在。這是經學家對經義的闡發。

君子好逑。

毛傳曰：“淑，善。逑，匹也。”

今按：毛傳所云“匹也”就是“比”的意思，即相比偶。《小雅・六月》有“比物四驪”，陸德明

《釋文》説：“比，齊同也。”又有“妣”字見諸《爾雅·釋親》。又有“媲”見諸《説文》。《説文》曰：“媲，妃也。”《爾雅·釋詁》：“妃，媲也。”《説文》：“妃，匹也。”檢之王力《同源字典》，此義又有“配”字，也載錄於《詩經》。《大雅·皇矣》“天立厥配”毛傳曰：“配，媲也。”《文王有聲》“作豐伊匹”毛傳説：“匹，配也。”這些書證都是轉相互訓，其本質是聲訓之學，幫母脂部字“比—妣—媲—妃—配—匹”是一組同源字，可從王力説。今語“媲美”即“比美”，其理即在此。

葛覃

葛之覃兮，施于中谷。維葉莫莫，是刈是濩。

毛傳說："施，移也。莫莫，成就之貌。"

鄭箋說："成就者，其可採用之時。"

朱熹曰："莫莫，茂密貌。"

今按：焦循《毛詩補疏》說：傳訓"施"為"移"，故王肅推之曰："葛生于此，延蔓于彼，猶女之當外成也。"並說，與箋較之，肅義為長。下文引出孔疏，說"葛之覃兮，施于中谷"與"黃鳥于飛，集于灌木"，同興女之嫁。焦氏補疏說："葛移於中谷，其葉萋萋，興女嫁於夫家而茂盛也。鳥集於灌木，其鳴喈喈，興女嫁於夫家，而和聲遠聞也。"本條最後，焦氏批評鄭玄說：箋以"中谷"為"父母家"，以"延蔓"為"形體浸浸日長大"，迂也。文字從略。今按：毛傳訓"施"為"移"是聲訓。"施"舊讀為"異"。所以段玉裁《說文注》："毛傳曰施，移也。此謂施即延之叚借。《大雅》施于條枚，《吕氏春秋》《韓詩外傳》《新序》皆引作延。”段氏引據繁富，從異文看古籍通假，非博學之士不能為。高亨《今注》曰：“施，延也。”是破通假，尋本字以訓詁。鄭玄說“延蔓”、段玉裁之引證《吕氏春秋》諸異文、高亨之訓，“施”與“延”古音通假，系“一聲之轉”，故“施”有蔓延、延長之義。這是它的假借義，其本義可從其字形中見出。考之《說文》：“施，旗皃。从㫃，也聲。”又：“㫃，旌旗之游。”檢之甲骨文，㫃，就是象飄揚的旗子。“施”因之得義。今語有“施展”一詞，亦是明證。另外，於本條最後，焦氏批評鄭玄說：箋以“中谷”為“父母家”，以“延蔓”為“形體浸浸日長大”，迂也。今按：焦氏此說未安。鄭玄是拿蔓延於谷中的葛草，來興喻身處父母家的女子該出嫁了。這是典型的今文學思想，焦氏尊毛抑鄭，或不足取。

維葉莫莫。

毛傳云：“莫莫，成就之貌。”鄭箋說：“成就者，其可採用之時。”這是典型的“毛義若隱略，則更表明”。考之《說文》，“就”在《京部》，其文曰：“就，高也。”即“高大”之“高”。從“京”字多有

漢大學出版社 2013 年版，頁 15)。

“是刈是濩”從三家詩異文，我們見出“濩”是“鼎鑊”之“鑊”的借字，歷來無異說。然從語文學的角度看，有個問題尚需辨析，就是“鑊”“濩”“穫”“獲”“擭”“蠖”諸字關係如何。前引高本漢說，指出“濩”“鑊”同源。王力《同源字典》頁 291 指出“獲”“穫”為同源字，前者是狩獵所得，後者是農耕所得。考之甲骨文，“獲”“穫”其本字是“蒦”，從隹從又（即手)，會意字。用手抓住鳥，即是抽象概念“獲得”。(別記：字頭今作“艸”者，甲文顯示是鳥頭部的裝飾部件）所以，在收穫這層意思上，“蒦”同鑊、穫是古今字關係。“擭”是“捕獲”的意思。蓋“獲”之俗字。比較而言，鑊，是後起孳乳字。“鑊”本從金（銅）從蒦，與“濩”從水從蒦造字法同。均為形聲字。鑊是煮物之器具，其用與鼎相近，故常有“鼎鑊”并言。高本漢說兩字同源，然未詳考。鑊與濩在“煮物”意思上是同源字，從金是說放在銅器中煮，從水是指浸漬在水中而煮，與蒸、烤有別。韓詩訓“瀹”正是此誼。

其實，在我們看來，鑊、獲、穫都是同源字，均來自蒦。這三個字保留了豐富的文化記憶：獲，是對禽獸的獵獲，屬於狩獵時代的文化遺存。穫，是對穀物的種穫，含有農耕時代的文化因子。鑊，是對生肉的煮鑊，指示了青銅文化的秘密。而從手之擭，是異體字，可看作獲之俗字。它們都同“蒦”構成古今字關係，在“收穫”這個意義上是同源字。而作為蟲類之名的蠖，即尺蠖，因屈體而獲得前進，我們也可將此字拿來一起考察，然史料未豐，僅備一說，存疑。

卷耳

嗟我懷人，寘彼周行。

毛傳說："寘，置。"（"置周之列"）

朱熹《集傳》說："寘，舍。"

今按："行"讀"杭"，朱熹訓"周行"為"大路"。"周"不讀"商周"之周，故"周行"之訓，今不從毛詩。"周行"為"大路"，"小道"在《詩經》則作"微行"。林義光認為："寘，久也。"《瞻卬》篇有"孔填不寧"，毛傳即云："填，久也。""寘""填"古同音相通。林氏又揭示"填""寘"又與塵、陳同音。陳、塵皆有久義。今語陳釀、塵封等是這個古義的遺存。毛傳"寘"訓為"置"即"放下""擱置"（於大道邊）之意。於此句，毛朱詩說一致。

我馬玄黃。

毛傳說："玄馬病則黃。"

今按：《爾雅·釋詁》說："玄黃，病也。"毛傳是把玄黃拆開來解釋，多受今人批評，說聯綿字不可拆分。可是，古人卻不這麼認為：比如"猶豫"說"遲疑不決"，北齊的顏之推就把"猶"解釋為一種動物。"狐疑"也是個聯綿字，顏師古解為"狐性善疑"，等等。清代學者王念孫即指出了這些錯誤的認識。除了注釋家，古書也有明確分開用的書證，比如同樣在《詩經》就有"何草不黃""何草不玄"的用法；在《老子》有"豫兮若冬涉川，猶兮若畏四鄰"。也有顛倒用的，比如"離騷"也是個聯綿字，有愁苦、牢騷的意思。古書又有作"騷離"的，見《國語·楚語》："德義不行，則邇者騷離，遠者距違。"這樣的情況宜當闕疑，不強作解釋。

樛木

南有樛木，葛藟纍之。

今按：《說文》錄“赳赳武夫”，許慎云：“讀若鐈。”《詩・酌》經文用“蹻蹻”字，毛傳云：“蹻蹻，武貌。”亦與“赳赳”毛傳之訓合。另：《釋文》載錄韓詩“南有樛木”字作“朻”。可見“丩”“喬”之音近通用。“南有樛木”或可讀為“南有喬木”。

另外：纍，即累字。《說文》給出的本義是“纏繞”，即“累，綴得理也。一曰大索也”。這裏許慎附錄的“一曰”或可以幫助我們理解兩種語義之間的關係，或是從“大索”引申出“纏繞”義來。書證又有“纍臣”見諸《左傳・僖公三十三年》（四部叢刊本，頁 996 下左）。

螽斯

螽斯羽，薨薨兮，宜爾子孫，繩繩兮。

毛傳曰："薨薨，眾多也。繩繩，戒慎也。"

朱熹《集傳》曰："薨薨，群飛聲。繩繩，不絕貌。"

今按：毛、朱詩有了大差異。三家詩資料可以拿來作為判斷的參照。《玉篇·糸部》引韓詩說："繩繩，敬貌也。"韓說"敬貌"與毛傳所云"戒慎"義近。《爾雅釋文》引作"憴憴"。（盧抱經校本，頁536。宋本《釋文》頁1618作"僶"，似不當，今從盧抱經。今檢黃焯《彙校》頁859從盧本，有校勘記，可參）清儒陳奐認為"繩""慎"雙聲，又舉證"繩其祖武"，三家詩作"慎其祖武"。林義光從之（《通解》中西書局2012年版，頁8）。例證又有《管子》"君子繩繩乎慎其所先"，《淮南子》"繩繩乎唯恐失仁義"。從三家詩詩說看毛傳似更好。

朱子訓為"不絕貌"，意思是"子孫世代相傳不絕”。“繩”字從“糸”，本義是繩子，所以有“連綿不絕”“連續”“系列”諸引申之義。比如《老子十四章》有“繩繩兮不可名”，河上公注云：“繩繩，動行無窮極也。”（《河上公章句》王卡整理本，頁53）其中“無窮極也”正與朱訓“不絕”合。《詩經抑》“子孫繩繩”，《韓詩外傳》引作“承承”，也是顯證。可見朱熹之訓亦甚古。從全詩看：首章說子孫“振振”（毛傳說仁厚）、本章“繩繩”（毛傳說戒慎）、三章“蟄蟄”（毛傳說和集），可見毛傳似更好。又按：《通詁》引顧震福說：漢說敬貌，敬當讀為警，古敬與警通。韓訓繩為敬，與毛訓戒慎義同（參雒江生《詩經通詁》三秦出版社 1998 年版，頁13）。此說亦通。

桃夭

桃之夭夭

毛傳曰："桃有華之盛者。"

《說文》云："桃，果也。從木，兆聲。"

今按：從"兆"得聲的字多有美好的意思，比如"窈窕"。比如虞舜所居之所"姚虛"之姚，史書或作"嬈"。《荀子·非相篇》"莫不美麗姚冶"，楊倞注："姚，美好貌。"《說苑》亦有"美哉德乎，姚姚者乎"。《小雅·大東》："佻佻公子，行彼周行。"毛傳："佻佻，独行貌"。一說美好貌。見王引之《經義述聞·毛詩中》。韓詩作"嬥嬥"。《說文》曰："嬥，直好貌。一曰嬈也。"韓詩這條異文，告訴我們"姚""佻"意義都與"嬈"相當。因為有"嬈，嬥也"之訓，而"嬥"又寫作"佻"。《荀子·禮論》："故其立文飾也，不至於窕冶。"楊注說："窕，讀為姚，姚冶，妖美也。"細讀毛傳之訓"桃"用一"盛"字。可見從"兆"得義的這幾個字，不僅都有美好義，還應該指出的是它應該是一種丰滿之美。這樣毛公所云“盛”字才能得到落實。另外，筆者賤内生育娃娃之時，家母找來桃木製作成小玩具放在娃娃身邊，說可以避鬼神驅逐邪氣，並說夜間帶孩子出門的時候定要帶上。說這是祖上傳下來的經驗知識。今讀書至《周禮》記錄“戎右贊牛耳桃茢”注曰：“桃，鬼所畏也。”《莊子》：“插桃枝于戶，連灰其下。童子入而不畏，而鬼畏之。”這就是“桃”有避邪之用的早期記錄了，家母之說正與這些記錄相合。所以古書又有“仙木，桃也”（見諸《事物異名錄》卷三十二所引《說文》）。又有記錄說“桃，五木之精，厭伏邪氣”（見《典術》）等說法。另外，《荊楚歲時記》說得最為詳細：“桃者，五行之精，厭伏邪氣，制百鬼。”桃木之所以可以制服百鬼，大概是其諧音“輕佻”之音與逃跑之“逃”相通會吧。所以，“桃”，被寄寓了“使鬼逃”的心理訴求，歷代傳承下來了。“爆竹一聲除舊，桃符萬戶更新。”今天各地尚保留着臘底除夕之時“画桃人”“貼桃符”於大門之上，以去不祥之俗。這些節慶風俗，大概也是同一來源。

有蕡其實。

毛傳曰："蕡，實貌。非但有華色，又有婦德。"

朱熹說："蕡，實之盛也。"

陳奐《傳疏》曰："言桃之實，蕡然大也。"

今按："蕡"通"墳"。《爾雅·釋詁》："墳，大也。"王力主編《古代漢語》注為："蕡，果實多的樣子。"於古訓采納或不當。這裏的"蕡"即豐滿之義，朱、陳兩家得之。"大"未必一定"大而多"，所以《古代漢語》注釋可商。從"賁"的字多有"大"的意思，《詩·靈臺》"賁鼓維鏞"鄭箋說："賁，大鼓也；鏞，大鍾也。"（四部叢刊本，頁274）。從"賁"字如"憤""濆""墳"等也都有"大"之義。先秦有人名"孟賁"，《孟子》趙注云："賁，勇士也。"名又見《淮南子》等。又《周南·汝墳》毛傳說"墳，大防也"。《左傳·僖公四年》載驪姬投毒，"公祭之地，地墳。與犬，犬斃。與小臣，小臣亦斃"。這裏即說劇毒倒在地上，冒出一個小土包來。這裏的"墳"也與"大"之義近。今讀蔣禮鴻著述，他說：憑、弸、蕡、墳、憤，這五字都是唇音。前兩個是雙唇音，后三個是唇齒音。而古代沒有唇齒音，都讀為雙唇音。所以，這五個字都有積滿、充實、大的意思（參蔣氏《古漢語通論》，頁 55，所舉書證略）。蔣氏又說，從詞根上說，都是充滿的意思。憑，寫作“馮”，《楚辭·天問》“康回馮怒”。馮怒，實際上就是憤怒。弸是弓之滿、蕡是果實之滿，墳是土之滿。而憑和憤是氣之滿（《古漢語通論》浙江大學 2016 年版，頁 58）。又按：細讀朱子之訓，其本質是信從毛傳之說。又毛傳說“非但有華色，又有婦德”，這說明其語序乃是“其實有蕡”即“其實蕡蕡”，其中“有”是形容詞詞頭。“有婦德”即能生育後代。所以毛傳的意思就是很明確了：桃樹很健壯，不僅可以開出漂亮的花（有華色），還可以結出肥大的果實（有婦德）。朱熹申明毛傳之義，用了一個“盛大”之“盛”可謂韻味大矣，誠是毛鄭詩之功臣也。又林義光讀“蕡”為“肥”。今按：陳奐《傳疏》早已引了《說文》所錄“萉，枲實也”。字又見《爾雅》作“黂”，《周禮》即作“蕡”。並已指出“枲”實為“蕡”。陳奐之說甚是（《詩毛氏傳疏》滕志賢點校本，鳳凰出版社 2018 年版，頁 24）。檢之更早的大儒戴東原，戴氏《毛詩補傳》不引毛傳而是直接給出按語云：

“蕡，枲實。”或亦是給出本字“葩”之誼。（說載《戴震全書》第一冊，安徽古籍叢書本，頁 159）古書相承，若不讀陳，直接讀質樸如戴氏者或有不知所云之感。倘若考之不細、參閱不廣，於林氏之讀以“濫用通假”非之，或有失之激切之嫌。

漢廣

江之永矣，不可方思。

毛傳曰：“方，泭也。”

朱熹：“方，桴也。”

今按：毛傳之訓又見《爾雅》。《爾雅》又録“舫”字，訓為“舟也。”可見，毛詩是用借字。毛傳讀為“泭”，即訓本字義。字又作“桴”，見《論語》“乘桴浮于海”。“桴”即竹排筏子。朱子之訓甚是。揚雄《方言》已録“筏”字。“不可方思”，戴震《傳補》即讀“筏”，或即從揚雄也。

召南

鵲巢

維鵲有巢，維鳩方之。

毛傳曰："方，有之也。"

陸德明《釋文》："方，有之也。一本無之字。"

今按：毛傳之訓，是。"有"讀"佔有"之"有"。清人胡承珙《後箋》從之。俞樾《平議》卷八說："方之，猶附之也。方、附一聲之轉。維鳩方之，言維鳩附之。附有附益之義，故《傳》曰：有之也。"《周南·漢廣》"江之永矣，不可方思"毛傳曰："方，泭也。"《邶風·谷風》"就其深矣，方之舟之"鄭箋曰："方，泭也。"今按，"泭"字又作"柎""桴"等，參陸德明《釋文》。可見，俞樾"方、附一聲之轉"說，例證多有。俞氏之讀中明了毛傳之旨，亦通。也有破通假立新說者，比如戴震《考證》說："方，讀為房。房之猶居之也。"又王引之《述聞》卷五錄"方，當讀放"，並說"放，亦依也"。戴王之解乃聲訓之法，亦通。與戴震相仿者，後來林義光讀為“榜”，即“依傍”誼。今一並存錄於斯，以資博雅。

草蟲

亦既見止，亦既覯止，我心則夷。

毛傳曰："夷，平也。"

今按：釋"夷"為"平"乃是說（我的心緒）平靜（平和）下來了。《楚辭》王逸注引："夷，喜也。"王逸傳魯詩，其訓亦和毛傳同。又如《鄭風·風雨》"既見君子，云胡不夷"毛傳曰："夷，說也。"這裏是說，看到了郎君後，（我）怎麼會不高興呢。這是隨文訓釋，非常貼切。同樣一個"夷"字，根據語境而訓釋略異，其本質並無差別。王力主編《古代漢語》注釋舍舊注而求別解，不可取。張永言之批評可從，詳參《語文學論集》。"夷"訓為"喜悅"義，《爾雅·釋言》有錄（見台灣出《十三經》，頁 42）。今按，"夷"之訓"悅"多見。如《小雅·節南山》有"既夷既懌"，又《商頌·那》"亦不夷懌"。

行露

誰謂女無家，何以速我獄。

今按：毛傳僅注釋了“速，召”。召，即招致之招。沒有注釋“獄”字，鄭玄、朱熹也都沒有出注。在先秦“獄”并不作“監獄”之“獄”。表示監獄是後來的事情。周漢故書多用“囹圄”一詞。比如《禮記·月令》“省囹圄，去桎梏”鄭玄注說：“囹圄，所以禁守繫者，若今别獄矣。”而在先秦載籍中“獄”一般表示“案件”“打官司”諸義。如《論語》有“片言折獄”之說（見《顏回篇》），《左傳》有“坐獄于王庭”（見《襄公十年》）。前者解釋為“案件”，後者是“打官司”，其中的“坐”是當面對質，萬萬不可解為“坐監獄”。這首詩句中的“獄”也是“打官司”的意思，有些今譯本作“怎麽把我送進監獄”，不可從。前引鄭玄注，可知東漢已經使用了監獄之義的“獄”。《史記·李斯傳》有“李斯拘執束縛，居囹圄中”，同篇又有表示“監獄”之義的

“獄”，有“李斯乃從獄中上書”云云。何九盈等學者研究：“獄”表示監獄義，大概起源於戰國時代。這個說法有文獻可徵。

摽有梅

摽有梅，其子七兮。

毛傳曰：“摽，落也。”

今按：王先謙《集疏》錄魯、韓詩“摽作莩”。齊詩作“蔈”。《說文》錄“𠬪”字，曰：“𠬪，物落上下相付也。从爪从又，讀若《詩》摽有梅。”對於這個字，陸宗達有過研究，他說“𠬪”字即“暴”“儦”的本字，後出字作“拋”。陸先生還說：語出《孟子》的成語“自暴自棄”，《荀子》有“怠慢儦棄”之說，其中的“暴棄”即“儦棄”，本字即是“𠬪”。所以，“自暴自棄”就是“自拋自棄”了。今按，三家詩的經文異字是從“票”的同源字，也是陸氏之說的佐證。（參陸氏等《訓詁學的知識與應用》中華書局 2018 年版，頁 73）。

迨其吉兮。

鄭箋云：“迨，及也。求女之當嫁之眾士，宜及其善時。”

《釋文》錄韓詩說：“迨，願也。”

今按：鄭玄破通假，即認為“迨”即“逮”之借字。此說又見《爾雅·釋言》“迨，及也”。比如《公羊傳·僖公二十二年》有“請迨其未畢濟而擊之”（《公羊傳》，經注本《十三經》，上海書店 1997 年影印四部叢刊本，頁 1243。以下簡稱“經注本《十三經》”）。本詩每章最後都是“迨”字領起的句子，韓詩訓為“願望”之“願”，似乎更貼近語境。梅子都落完了，女孩子還沒有出嫁，快求來男孩子吧，希望就是這個好時候吧。鄭箋作“趕上好時候”，與梅子已落的語境似不合。“迨”之訓“願”，又有《邶風·匏有苦葉》“迨冰未泮”、《豳風·鴟鴞》“迨天之未陰雨”韓詩皆訓為“願”。王先謙以主語不同解釋以縫合鄭箋同韓詩之訓釋矛盾（《集疏》中華書局整理本 2009 年新印本，頁 102），頗迂迴，似不當。《通詁》忽視《詩經》內證，說“迨”無“願望”之義因而否定韓說（《通詁》頁 44），甚不可從。

野有死麕

白茅純束。

毛傳曰："純束，猶包之也。"

鄭箋云："純，讀如屯。"

《釋文》說："屯，聚也。"

今按：三家詩"純"即作"屯"。這裏是"屯""純"假借。據研究，"屯"在甲骨文中象植物初生時未開的"芽苞"。《說文》云："屯，難也，象草木之初生，屯然而難。"即是對本義的描述。從"芽苞"到長成葉子，需要聚集能量才可以破土而出。所以《廣雅·釋詁》收錄"屯，聚也"這一引申義項。《釋文》所說即是此義。人所聚集之處也叫"屯"，《漢書》有"勝、廣皆為屯長"是其例。《中庸》有"肫肫其仁"，就是仁厚之義，與"聚集"義近。此條三家，陸德明是指出本句有異文作"屯"，釋為"聚"與毛公所云近，鄭玄是破通假，三家所注各有用心也。

邶風

柏舟

我心匪鑒，不可以茹。

毛傳曰："鑒，所以察形也。茹，度也。"

鄭箋曰："鑒之察形，但知方圓白黑，不能度其真偽，我心非如是鑒，我於眾人之善惡外內，心度知之。"

今按：毛傳"所以"是訓詁術語，表示"用作"。多見諸毛傳，如《谷風》毛傳說："笱，所以捕魚也。"又《干旄》毛傳有："紕，所以織組也。"又見《說文》，比如"苑，所以養禽獸也""園，所以樹果也"等等。毛傳鄭箋所訓"茹"為"度"，是。清儒陳奐《傳疏》又伸張毛義說："我心非如鑒，人不可以測度於我。意承上章而言，我心之隱憂，人無有能明其志者也。"（《傳疏》頁84）今按：《韓詩外傳》云："莫能以己之皭皭容人之混汙。"可見，韓詩訓"茹"為"容納"，亦通。"茹"本義為"食"，可引申為"容納"。今語"含辛茹苦"正是此義之用法。宋人嚴粲《詩緝》云："鑒雖明，而不擇妍醜皆納其影。"即采信韓詩說。又按：學友陈才博士对本句"鑒"字之訓亦有研究，引用出土資料證明：鑒，本是盛水、盛冰器皿。可以盛水自可察形。後來，此功能為"鏡"所代替。這個看法細化了兩者的區分，糾正了陸德明以降的模糊認識，甚是。（詳參氏著《如切如磋：經學文獻探研錄》台灣花木蘭 2018 年版，頁 3）

綠衣

綠兮衣兮，綠衣黃裏。

毛傳曰："綠，間色。黃，正色。"

孔穎達疏曰："綠，蒼黃之間色。"

朱熹《集傳》說："綠，蒼勝黃之間色。黃，中央土之正色。"

今按：孔、朱申明毛公之義，是。這裏還有"綠"和"蒼"需要說幾句。《荀子》說："青取之於藍，而青於藍。"青、蒼、碧都表示"藍色"，但有程度之不同。青，最初就是"藍色"的意思。比如《逍遙游》即有"青天"的用法，年代更早的《墨子》有"青黃刻鏤之飾"。後世"青"又有"黑色"的用法，比如"朝如青絲暮如雪"。"蒼"是深藍，《逍遙游》有"天之蒼蒼"等等。《說文》曰："碧，石之青美者。"可見"碧"之本義是玉名，且是一種"青美"的玉石。《莊子·外物》說："萇弘死於蜀，藏其血，三年化而為碧。"後來指稱淺綠色。詩中的

“綠”才是今語的綠色。其用法《詩經》多見，比如“瞻彼淇奧，綠竹猗猗”。另外，在上古“藍”不表示顏色，是指一種染藍色的植物。《小雅》有“采藍”即是用其本義。中古以後才從藍草義擴大到表示藍色，杜詩有“上有蔚藍天”句。

匏有苦葉

匏有苦葉，濟有深涉。深則厲，淺則揭。

毛傳說："以衣涉水為厲，謂由帶以上也。揭，褰衣也。遭時制宜，如遇水深則厲，淺則揭矣。"按：訓同《爾雅》。

朱熹《集傳》說："以衣而涉曰厲，褰衣而涉曰揭。"

今按：這個"厲"所指如何，歷來學者沒有說清楚。今略作梳理：毛傳等古注以為水深至胸為厲，是一種渡水方式。高亨《今注》認為："厲，裸也。脫下衣裳渡水為厲。"郝懿行《爾雅義疏》說"厲"有"凌厲"之義，因而有涉水之義。這些說法迂遠且抽象，似不可信。戴震據《水經注》所錄受到啟發，他說：吐谷渾人於河上建築橋梁曰河厲。段玉裁對其師之說有考辨。今按戴氏之說，可信。因為《衛風・有狐》正是用"梁"與"厲"對舉。其詩首章"在彼淇梁"，二章作"在彼淇厲"。考之《說文》

錄“砅”字，並說：“履石渡水也。从水石。詩曰：深則砅。”《說文》所錄這處《詩經》異文可謂寶貴。原來“砅”是一種比較簡易的橋，在大水中放置石墩，一步一石，人踏石過河。字又作“濿”。又按：厲或可讀為“列”。列石成埒而渡水之謂也。厲、列之通用，古有之。比如厲山氏，一作烈山氏。

旄丘

旄丘之葛兮，何誕之節兮。

毛傳曰："誕，闊也。"

今按：朱熹因之。"誕"毛公訓為"闊"，實是讀"誕"為"延"。可見"誕"是"延"的孳乳字，有"長大"之誼。這句詩是說：葛草長大，其節闊長。《詩》又用"施"（讀若易）字表示這個意思，前文已辨。《左傳》用"易"字，也是"延"之借字。"誕"有"長"之義，所以有引申義"荒誕"之用。《詩・生民》毛傳訓"誕"為"大"，與此處之"闊"義近。今語"山高水闊"即云"水（長）大"。又按：誕，《詩》又有用"覃"字者，見《葛覃》。字又見《尚書》"誕敷"，又作"覃敷"。

何其處也，必有與也。

今按：這裏的"與"字之用，毛鄭無說。朱熹《集傳》訓為"與國"（戴震從之），其義亦未章明。

林義光讀為“舉”，即“舉動”之“舉”。其義朗然。故書舉、與音通之例多有。《周禮・師氏》“王舉則從”有本作“王與”。《禮記・禮運》有“選賢與能”，《大戴禮記・王言》則作“選賢舉能”。林氏所舉書證是。又《呂氏春秋》載成公賈風諫楚莊王事，用了有鳥三年不動不飛不鳴而後“一飛沖天”的典故，並引了這句詩“何其久也，必有以也。何其處也，必有與也”。從語境看，也是說雖遲久必有舉動耳（參林氏《通解》，頁 48）。又《楚辭・七諫》“舉世皆然兮”，王逸所見一本作“與世”（洪興祖《補注》上海古籍出版社黃氏點校本，頁 390）。

簡兮

簡兮簡兮，方將萬舞。

毛傳說："簡，大也。"

鄭箋云："簡，擇也。"

今按：這是在說青年舞師（碩人）體貌大美，毛鄭之訓看起來差異很大，其實是一致的。鄭玄是破通假，認為"簡"是"柬"的借字。《爾雅·釋詁》說："柬，擇也。"鄭玄的意思是"上選的啊上選的（舞師）"。"擇，選也"選即"一時之選"之"選"。《論語》"異乎三子之所撰"鄭玄本作"詮"，訓為"善"。（按：詮是全的孳乳字。全，有"完備"的意思，完備的就是好的，所以作"詮"可訓為善。）與此處相通。可見毛鄭詩之說本質如一，都是說舞師體貌大美。俞樾讀"簡"為"僩"。《說文》即錄是字，云："僩，武貌。"字又有作"撊"者，不拘字形也。《方言》說："撊，猛也。"武猛與"大"義近，亦通。《衛風·淇奧》有"琴兮僩兮"，毛傳說："僩，寬大也。"韓詩說："僩，美貌。"乃是極好的書證。

碩人俁俁，公庭萬舞。

毛傳曰："俁俁，容貌大也。"

朱熹《集傳》說："俁俁，大也。"

《經典釋文》所錄韓詩"俁俁"作"扈扈"，並說："扈扈，美貌。"

今按：毛朱之訓"俁俁"，是。《說文》也說"俁，大也"。"俁"從"吳"，"吳"即有"大"之義，《方言》即錄"吳，大也"之訓。《釋名・釋兵》說"（盾）大而平者曰吳魁"即是其例（按：一本作太，大、太通用。見中華書局影印《四部叢刊》本《釋名》，頁 102）。"吳"在古代或音轉為"吾"，比如《楚辭・九歌》"操吳戈兮被犀甲"王逸注曰："或曰操吾科，吾科，楯之名也。"（宋端平本《楚辭集注》，頁 90）又轉為"俁"即本詩經文用字。"魁"作"科"也是"聲之轉"。章太炎《新方言》說："蘄州謂大言曰吳，音變作具化反。亦謂以大言震人為誧。《說文》：'誧，大言也。'讀若逋。今讀如鋪。"（上海人民出版社全集本，頁 53）又按：檢之王念孫《廣雅疏證》、錢繹《方言箋疏》都有考辨，文繁不錄。這裏還要辨析的是韓詩之說，看起來韓、毛迥異，其實不然。《後漢書·馮衍傳》："扈扈，光彩盛也。"一個"盛大"之"盛"可見《韓詩》之說"扈扈，美貌"不是一般的美，是大美壯美的意思，今語有"飛揚跋扈"古義存焉。又"美"字本從"大"，可見"盛""美"同義。所以說韓毛文異義實同。又按：近讀鄒曉麗《基礎漢字形義釋源》（中華書局 2007 年版，頁 9）給出"吳"字甲金文字形，說：吳从"夨"有"不正"之義，所以古代大聲說話叫"吳"，並舉例《周頌·絲衣》"不吳不敖"。《世說新語》："桓玄問羊孚，何以共重吳聲。羊曰：當妖以浮。"可見"娛樂"非正聲。因為大聲喧嘩不合規矩，是"不正"的一種現象。這是吳從口從夨之義。《說文》云："夨，傾頭也。从大，象形。"鄒氏引"不吳不敖"例是說"吳"有大聲說話之義。考毛傳曰："吳，譁也。"鄭箋解為"讙譁"，朱熹《集傳》訓為"誼譁"。今語作"喧嘩"。而引《世說》"妖以浮"即說"吳聲"不正。按：鄒氏之說，極是。又補《魯頌·泮水》有"不吳不揚"鄭箋曰："吳，譁也。"

彼美人兮，西方之人兮。

鄭箋曰："彼美人，謂碩人也。"

今按：戴震采信朱子《集傳》說法，云："西方美人，託言以指西周之盛王。"可見，在上古載籍所錄"美人"或指賢君，或指心儀的對象，並沒有性別上的特指。又如《離騷》有"恐美人之遲暮"王逸注云："美人謂懷王也。"這也見出不獨《楚辭》，"美人"修辭也見諸《詩》。另外，當然在先秦文獻中"美人"也有和今語意義相對應的用例，比如《韓非子》錄有"魏王遺荊王美人"。

北門

王事適我，政事一埤益我。

朱熹《集傳》曰：“王事，王命使為之事。政事，其國之政事也。”

顧炎武《日知錄》云：“凡交於大國，朝聘、會盟、征伐之事，謂之王事。其國之事，謂之政事。”（《集釋》上海古籍出版社點校本，頁 141）

今按：朱顧兩家辨析了“王事”“政事”之別，其説細緻精微，尤為可寶。另外本句“埤”毛傳訓為“厚也”。鄭箋説：“有賦稅之事，則減彼一而以益我。”此後，對於這個字的訓詁向來有不同理解。今人高亨等又有新説，方一新教授《訓詁學概論》（鳳凰出版社 2011 年版，頁 36）辨析諸家之説後做出判斷説：“埤”有“增益”義，並舉裨、陴、鵯等同源字以證。方氏實繼承了段氏之説，《説文》段注云：“凡从卑之字皆取自卑加高之意。”所以本句方氏的翻譯是“政事全部加給我”。這樣可以同下章

"政事一埤遺我"相對應。方氏之說實際上縫合了毛鄭之訓，其說可從。另其有詳細考辨，文繁不錄。

王事敦我。

毛傳曰："敦，厚。"

鄭箋說："敦，猶投擲。"陸德明《釋文》說："投擿，與投擲同。"

朱熹《集傳》："敦，猶投擲也。"

今按：毛鄭之訓"敦"，彼此矛盾，如何取捨呢?《王力古漢語字典》頁 410 舉此例，隱毛傳而從鄭玄。朱子又從鄭玄（《詩集傳》中華書局 2017 年版，頁 38）。陸德明《經典釋文》說："敦，毛如字。韓詩云：敦，迫。鄭，都回反。"（《釋文》上海古籍出版社影宋本，頁 229）趙少咸說鄭玄讀"敦"為"堆"，并說："今語正謂事多曰堆。鄭箋訓為'猶投擿'與'堆'義相成也。"（《經典釋文集說附箋殘卷》中華書局 2016 年影印本，頁 243）其說是。今按：鄭玄讀為堆，自然就有厚多之義，毛鄭同義並不矛盾。鄭箋之訓"敦"為"投擲"，又見《淮南子・兵略》有"敦六博，投高壺"。劉文典即訓"敦"為"投"（《集解》全集本第一冊，頁

567)，可謂一證。今讀到陸宗達（《訓詁簡論》北京出版社 2003 年版，頁 15）改《釋文》字，試圖把毛鄭訓釋統一起來，以期解決這種矛盾。他說：毛傳是將“敦”讀為“堆”。（以為“鄭，都回反”當作“毛，都回反”）堆，即堆積起來，自然有“厚”之訓了。這個“厚”，不是恩厚、優厚等義，也就是說周王之命的勞役之事都堆在我身上。鄭玄是讀“敦”為“丟”，義為擱置，所以有“投擿”之釋，也有堆之義。陸氏之論可謂密不透風，可是為調和毛鄭之訓，改《釋文》“都回反”為毛讀，並無文獻根據，且並未回應陸德明“毛如字”說，所以其說似不可從。抄錄於此，供方家參考。又按：《釋文》所錄韓詩之訓“敦，迫”，日本學者竹添光鴻（《毛詩會箋》鳳凰出版社 2012 年影印本，頁 348）認為“敦、督一聲之轉”，並引《廣雅》“督，促也”之證。並說督與篤通，篤有厚之義，而通與督促。所以他說，敦也可以訓解為“促迫”。他實際謄錄胡承珙《後箋》（安徽古籍叢書本，頁 209），舉書證多，今不繁錄。《後漢書・韋彪傳》有“以禮敦勸”注曰：“敦，猶逼也。”與韓詩之訓同。

凡民有喪，匍匐救之。

鄭箋曰：“匍匐，言盡力也。”

朱熹《集傳》說：“匍匐，手足並行，急遽之甚也。”

今按：“匍匐”是個雙聲連綿字，描述的意思是伏地而行。古今無別。這裏專門拿來說一下，是想通過這個淺明的例子來說古人注釋層次不同的實情。朱熹是注本義，鄭箋則指出了其引申之義。單個字詞訓詁如此，漢代四家詩對詩旨的闡說也可用這個看法來理解它們之間的異同，即四家詩的闡釋層次或有不同。不了解此體例，尊毛而非三家不是好的學術態度。反之亦然，拘囿一家，或不可取。

北風

北風其涼，雨雪其雱。

毛傳云："北風，寒涼之風。雱，盛貌。"

朱熹《集傳》說："雱，雪盛貌。"

今按：這個雱字，《文選·雪賦》注、《太平御覽》等引作"滂"，《廣韻》等引作"霶"。《說文》認為"雱"是"旁"的籀文，並說："雱，溥也。""溥"有"大"義，這裏是形容雪下得大，有溥遍大地之勢。可見"雱"、"磅礴"之"磅"、"滂沱"之"滂"是一組同源字，都有氣勢盛大的意味。毛朱詩訓為"盛貌"，是。另程俊英《注析》本（頁 113）認為，"其涼"即"涼涼"、"其雱"即"雱雱"，這種常見看法或可商。南京大學高小方教授意見說這裏的"其"是一個語氣助詞，相當於"那麼"。"北風其涼"可翻譯為"寒冷的北風是那麼得涼"（高氏說法見超星視頻《古代漢語》）。同錄於此，供大家參考。

靜女

靜女其姝，俟我於城隅，愛而不見，搔首踟躕。

今按："愛"是"薆"的借字。齊詩用"僾"字，亦是同音借字。《方言》說："掩、翳，薆也。"郭注曰："薆，謂蔽薆也。"許威漢教授說："愛是影母字，影母字多有暗、隱義。"比如"愛、薆、僾"。影母字還有"陰、蔭、隱、暗、煙、奄（掩）、翳"等，都有"暗、隱義"，其說可從（詳參氏著《訓詁學》北京大學出版社 2013 年版，頁 46）。此條所引《方言》"掩、翳，薆也"本質是聲訓之法，三字同屬于影母字，音近義同。從訓詁學上講，"愛而不見"還有可追究的問題，那就是這裏"而"字的用法。一般看法說這個"而"字是連詞。其實不確。慧琳《音義》卷七十三錄韓詩異文即作"愛如不見"，韓詩用"如"字，這是詞尾用字不是連詞用法。戴震說："愛而，猶隱然。"（《考正》卷一，《戴震全書》本，頁 600），戴氏並沒有引出韓詩，亦是把“愛而”看作詞組理解。“愛而”即“薆然”，故有“隱然”之訓。戴震的語感甚好，可佩。“而”作形容詞後綴，“愛而”僅是一例。又如《左傳·文公十七年》有“鋌而走險，急何能擇”，這裏的“鋌而走險”和“愛而不見”用法一樣。“鋌而”就是速走貌。“而”是後綴，前面的詞是形容詞。再如《史記·日者列傳》“宋忠、賈誼忽而自失，芒乎無色”，其中“忽而”就是恍惚貌。有學者說“鋌而走險”是“挺而走險”就不對了。檢王力先生著述，上古漢語形容詞後綴還有：“如”（《論語》“恂恂如也”）、“乎”（《莊子》“飄飄乎如遺世獨立”）、“爾”（《論語》“夫子莞爾笑曰”）等等。又按：王力認為在用作形容詞詞尾的情況下，日母五字“如若爾而然”同源，書證多，比如《論語》“申申如也”、《邶風·終風》“惠然肯來”等等（詳參《漢語詞彙史》，中華書局《王力全集》第四卷，頁35。又參氏著《同源字典》）。

鄘風

柏舟

實維我特。

毛傳曰："特，匹也。"

今按：結合上句"實維我儀"，毛傳也是說"儀，匹也"。可見這裏的"特"是"匹偶"的意思。朱熹《詩集傳》（頁 43）亦是此解。韓詩"特"作"直"，文載《經典釋文》，曰："韓作直，云相當值也。"胡承拱錄惠棟引楊君碑"特"寫作"犆"，可證韓詩之說。（《後箋》，頁 119）。王先謙《三家詩義集疏》（頁 216）說："當，有敵義，相當猶言相匹也。"可見韓毛本無別。"特"又訓為"成雙成對"，見於《小雅・我行其野》："不思舊姻，求爾新特。"可見"實維我特"就是"真是我的好配偶了啊"。又前句作"實維我儀"毛傳云："儀，匹也。"也是此誼。另外，《釋文》所錄異文"韓作直，云相當值也"，亦可以用為《黃鳥》"特"字訓為"當值"的書證。特讀直是聲訓之法。《黃鳥》有"百夫之特”“百夫之防”：於“特”毛鄭無説，乃或承是而省與。於“防”毛傳云：“防，比也。”鄭箋曰：“防，猶當也。”此訓甚是。

又“特”“獨”雙聲，今語有獨特、特殊諸構詞。《韓非子·孤憤》：“初勢卑賤，無黨孤特。”考之《説文》“特”字録在“牛部”有“牛父”之訓，今語“特殊”古義存焉。另外《詩·伐檀》有“胡瞻爾庭有縣特兮”，毛傳説“獸三歲曰特”，朱熹從之（《詩集傳》，頁101）。聊備一説，以資博雅。

牆有茨

牆有茨，不可襄也。中冓之言，不可詳也。

毛傳曰："襄，除也。詳，審也。"

今按："襄，除也。"這是說其本義。字載《說文》，許慎解釋說："《漢令》，解衣耕謂之襄。"所謂"解衣耕"是一種耕作方式，是說先把土地表皮上的乾硬的土塊除去，種植之後，再把表皮的硬土塊敲碎覆蓋上。這就是"襄"的本義。"土壤"之"壤"就是其分化字。"襄"後來又作"攘"（日人山井鼎所見足利本、古本"襄"即作"攘"，參氏著《考文》）。又"攘"見《離騷》，曰"忍尤而攘詬"。王逸注曰："攘，除也。"此訓或襲毛公。可見"襄—攘"是古今字關係，不是通假關係，"除掉"是其本義。從"襄"字多有"除去"等義，比如"禳"，一種祭祀除去災禍的儀式。"瓤"，則是除去瓜果的表皮看到的內部組織。所以毛傳之說甚是。今人注說（高亨《詩經今注》上海古籍出版社2009年版，頁

66；袁梅《詩經異文彙考辯證》齊魯書社2013年版，頁70，都說是通假，“攘”是本字、“襄”是借字）或可商。又毛傳說“詳，審也”這是把“詳”解釋成“細說”。韓詩經文用本字“揚”，見《釋文》所錄韓詩說云：“揚，猶道也。”這是說“宣揚”“傳揚”之“揚”，“詳”“揚”古音同，可以假借。韓詩說亦通。

君子偕老

鬒髮如雲。

毛傳說："如雲，言美長也。"

今按："如雲"數見。《鄭風·出其東門》"出其東門，有女如雲"毛傳曰："如雲，眾多也。"《齊風·敝笱》"其從如雲"毛傳說："如雲，言盛也。"又《大雅·韓奕》"諸娣從之，祁祁如雲"毛傳曰："如雲，言眾多也。"四處"如雲"因文成義，都是用它的比喻義，這是毛傳體例上的一個特征。

展如之人兮，邦之媛兮。

毛傳曰："美女為媛。"

鄭箋云："媛者，邦人所依倚以為援助也。"

今按：《釋文》引韓詩說："媛作援，云取也。"《詩經通詁》引述魯詩說，也訓"媛"為"援"（詳參《通詁》，頁 122）。鄭玄早年學韓詩，在詩箋中多取用三家說法，此正是一例。這是聲訓之法，亦見諸《說文》，文曰："媛，美女也，人所援也，从女从爰。爰，引也。《詩》曰：邦之媛兮。"韓詩訓為"取"，于義無別。《皇矣》"無然畔媛"《正義》曰"媛是引取"，正與韓詩合。"媛"與"援"的語言學關聯也幫助我們理解了那段政治、外交等文化。又按："媛""援"互通，又見《離騷》"女嬃之嬋媛兮，申申其詈餘"王逸《章句》云："嬋媛，猶牽引也。"（《章句》上海古籍出版社黃靈庚點校本，頁15）王逸即讀作"援"，破通假也。後來一本即作"撣援"。（見《楚辭補注》頁18，又《楚辭集注》宋端平本，頁30）

鶉之奔奔

鶉之奔奔，鵲之彊彊。

毛傳曰："鶉則奔奔，鵲則彊彊然。"

鄭箋曰："奔奔，彊彊，言其居有常匹，飛則相隨之貌，刺宣姜與頑非匹耦。"

《釋文》錄韓詩曰："奔奔，彊彊，乘匹之貌。"

今按：陸德明《音義》說："彊，音姜。"其說是。魯詩齊詩"彊彊"正作"姜姜"，是其證，疊韻假借也。又《左傳·襄公二十七年》《禮記·表記》《呂氏春秋·壹行》引《詩》"奔奔"作"賁賁"。這也是聲音相假。《說文》："奔，從夭，從賁省聲。"《宋書·百官志下》有："虎賁，舊作虎奔，言如虎之奔走也。"（中華書局點校本《宋書》第四冊，頁1249。）按：《說文》云"奔"因"賁"得聲（"從賁省聲"），所以二字可以通用（上古均為幫母文部字）。毛詩用本字"奔"，三家詩用借字"賁"。

又按，韓詩訓"奔奔、彊彊，乘匹之貌"，這個

“乘匹”是什麼意思呢。這是《詩經》用禽鳥來隱喻男女的常例。在《列女傳・仁智傳》有“關雎之鳥，猶未見乘居而匹處也”，其說即“乘匹”。《淮南子・泰族》載“關雎興于鳥而君子美之，為其雌雄之不乘居也”。可見“乘匹”即“乘居而匹處”之義，就是雌雄（男女）成雙成群形影不離的樣子。“乘”這個用法又見於《管子・四稱》：“入則乘等，出則黨駢。”“乘等”與“黨駢”並舉，可見其義。《周禮・秋官》“掌客”鄭注說：“乘禽，乘行群居之禽。”亦是此類。又按：鄭箋“居有常匹，飛則相隨”正是此義，並接著說“刺宣姜與頑非匹耦”則發覆了《詩經》“興象”的經學內涵。

定之方中

定之方中，作于楚宮；揆之以日，作于楚室。

毛傳云："定，營室也。方中，昏正四方。楚宮，楚丘之宮也。揆，度也。"

鄭箋云："楚宮，謂宗廟也。"

今按：定，星名，一名營室。方中，就是該星黃昏時分恰好在天中。對應的時節是夏曆十月。楚宮，這裏是說楚之宗廟。揆，度也。揆之以日，說的是立一根竹竿測日影，以定方位。這句詩，話分兩頭說，根據營室來確定營造楚丘宗廟的時令，根據日影來確定居室的位置。是這樣嗎？不是，《毛詩正義》說"室與宮俱于定星中而為之，同度日影而正之，各于其文互舉一事耳"。所以，這是互文例，翻譯一下就是：定星黃昏出現在中天的時節，根據日影測定好的方位，營造楚丘的宗廟和居室。

又按："宮室"古有不同。"宮"本是原始社會時候的穴居之所。後來房子也稱為"宮"。作為帝王宮殿的專稱是後來的事情。“室”也有廣狹兩義。廣義上看，“室”就是“宮”。本詩用法即是。再如《周易・繫辭下》：“上古穴居而野處，後世聖人易之以宮室。”其狹義是指正堂後面的房間。堂後用牆隔開，後面中央是“室”。又“室”的東西兩側就是“房”。（又按：房因在室的兩旁而得名義）《豳風・七月》有“曰為改歲，入此室處”，《論語・先進》有“由也，升堂也，未入于室也”。這都是狹義的“室”。《王風・大車》亦有此用法：“穀則异室，死則同穴。”

相鼠

相鼠有齒，人而無止。

鄭箋曰：“止，容止。無止，則雖居尊，無禮節也。”

今按：鄭玄的訓“止”為“容止”即禮也。可見此處“容”也就是“禮節”的意思。且“人而無止”同其他兩章“人而無儀”“人而無禮”相對舉，可見“止”解釋為“禮節”有語法（語境）上的支持。又，《經典釋文》所存錄韓詩正是“止，節也；無禮節也”這樣的用例，又見諸《小雅》“國雖靡止”，鄭箋“止，禮也”。《大雅》“淑慎爾止”，鄭箋說：“止，容止也。”在《荀子·不苟》也有“見由而恭而止”，楊倞注說：“止，禮也。”所以《廣雅·釋言》有“止，禮也”這一詞條。

考之《說文》：“止，下基也。象草木出有阯，故以止為足。”這個止，即趾。腳站定就是止（停止之止），再引申，人能自處自禁不逾越禮儀所要求的範圍，也就是止了，有止之人，也就是守禮節的人。這正是韓詩之訓，鄭箋等古注之說所依據的道理。所以《大學》“止於至善”注曰：“止，猶自處也。”《淮南子·時則》“止獄訟”注說：“止，猶禁也。”所謂自處自禁，即合於節制。附記：止、趾、址是一組同源字。

干旄

素絲祝之，良馬六之。

毛傳曰："祝，織也。"

鄭箋云："祝，當作屬。屬，著也。"

今按：毛鄭都是聲訓之法，兩者之間鄭讀更佳。戴震云："祝之言綴。"其義與鄭玄近。林義光信從鄭玄讀，即讀"祝"為"屬"。毛公之訓亦通。前文有"紕之""組之"，其中"紕"可讀"配"（配飾）。林義光說"紕之""組之""祝之"皆言馭也，是。這種比喻義之法，常見於《詩》，如"執轡如組"（見《簡兮》）。另："柱""祝"相通也見先秦故籍。最著名的例證是"強自取柱"，王念孫發明其誼，讀"柱"為"祝"，即祝髮文身之"祝"。"祝"亦有與"注"相假借的書證，見諸《周禮》"祝藥"，賈公彥疏云："祝，注也。注藥於瘡。"

載馳

我行其野，芃芃其麥。控于大邦，誰因誰極。

毛傳曰："芃芃然方盛長。控，引也。"

朱熹《集傳》說："芃芃，麥盛長貌。控，持而告之也。"

《一切經音義》卷九引韓詩曰："控，赴也。"

今按：《說文》錄有"赴"字無"訃"。古赴、訃通用，《儀禮·聘禮》有"赴者未至"注曰："今文赴作訃。"又《既夕》注有"赴，走告也"，韓詩對"控，赴也"的訓釋即存此古義。檢之《左傳·襄公八年》，有"無所控告"（經注本《十三經》，頁1056）即為明證。又方玉潤《詩經原始》："控，告也。"所以"控于大邦"就可翻譯為"走告于大邦"了。毛傳之訓如何理解呢。陳奐《傳疏》引《爾雅》"引，陳也"，陳述（陳告）義就和控告沒有區別了，前引《襄公八年》杜注亦云："控，引也。"可見韓毛本無二致，朱熹申毛，其說亦是。王先謙又舉

《列女傳》旁證材料，曰："邊境有寇戎之事，赴告大國。"（《集疏》，頁 263）

又按：《莊子·逍遙游》有"控于地"，司馬彪注云："控，投也。"《管子·度地篇》有"地高則控"，控也是訓為投。可見"投"有"投奔"之義，今語尚有"投案"的說法。所以，"控于大邦"就是"投靠一個大國"了。（參《高本漢詩經注釋》，頁 148）這亦可以補正（疏通）韓毛古訓。又按：據毛傳，"芃芃"即麥子正長得茂盛。此說正與《說文》同。《說文》說："芃，艸盛貌。"這個詞不常見，今語寫作"蓬"。在《詩經》時代，經文還用"豐"來表述繁茂的植物。比如《小雅·湛露》有"在彼豐草"，毛傳說："豐，茂也。"檢之《說文》，還有一個字表示此義，即"菶"（读音 běng）。《說文》說"菶，艸盛丰丰也"。這個字也見於《詩經》，見諸《大雅·卷阿》"菶菶萋萋"毛傳曰："梧桐盛也。"其實，"豐—芃—菶"都是幫母東部字，是一組同源詞。所以都有植物生長茂盛、旺盛等意思。

衛風

考槃

考槃在阿，碩人之薖。

毛傳曰：“薖，寬大貌。”

鄭箋說：“薖，飢意。”

韓詩字作“檛”，曰：“美貌。”

朱熹《集傳》說：“薖，義未詳。或云，亦寬大之意也。”

陳奐《釋毛詩音》說：“薖，音窠。”

今按：毛公之訓是承接上章“碩人之寬”而來。檢之《說文》，曰：“薖，艸也。”可見這裏是用的假借字。鄭玄訓為“飢”是破通假。陳奐從之，讀為“窠”即是揭其秘端。段玉裁指出“薖”實際是“款”的假借字。《漢書·藝文志》有“空足曰鬲”，《爾雅》說“款足者謂之鬲”，可見“款”有“空”之義。書證又有《漢書·楊王孫傳》“窾木為匱”，師古注載服虔曰：“窾，空也。”《淮南子》有“窾者主浮”高誘注說：“窾，空也。”（詳參《說文》段注，上海古籍出版社 1981 年影印本，頁 39）可見“窾”有空之義，所以毛傳說“薖，寬大貌”，鄭箋說“飢意”，正是與“款”有“空”之義近。肚子空才有飢餓感，空的才可以裝東西，乃可謂寬大。陳奐釋音說“薖音窠”幫助我們從古音角度認識“款”“窾”“窠”“空”“薖”這幾個字形不同卻是語音相同或相近的字，它們在意義上都有“空中”之義，比如《說文》即錄“窠，空也”，可見它們是一組同源字。

碩人

領如蝤蠐，齒如瓠犀。

毛傳曰："領，頸也。"

孔疏云："領，一名頸，故《禮記》曰：其頸五寸。又名項，《士冠禮》云：緇布冠頍項，是也。"清人陳奐《傳疏》說："《傳》詁領為頸，古今異名也。"

今按：正如上古男人的鬍鬚細分為髯、鬚、髭、鬢等，這裹涉及的"項、頸、領"三名，其義毛傳未作細分，有細緻考證的需要。今天我們籠統地名以"脖子"一詞了，在上古則不然。根據三詞的上古用例尚可做出區分來。"頸"是說"脖子的前部"。《左傳・定公十四年》有"使罪人三行屬劍於頸而辭"，這裹說的"屬劍於頸"就是自刎的狀態了，對應的是脖子的前部。再如《莊子・馬蹄》有"喜則交頸相靡"，這裹的"交頸"也是脖子的前面部位相交錯。與之對待的是"項"，指的是脖子的後部。

《荀子・修身》："行而伏項，非擊戾也。"《史記・魏其武安侯傳》："案灌夫項，令謝。"這些用例都是指脖子後面的部位。"領"更接近今語的"脖子"，比如《左傳・成公十三年》"我君景公引領西望"，《禮記・檀弓下》"是全要領"。其中"引領西望"是拉長脖子向高遠的地方看。"要領"即"腰與領"。後來"領"引申出來領子，比如衣領、領口等，又引申出"領導""佔領""領引"等義來。

河水洋洋，北流活活。

毛傳："洋洋，盛大也。活活，流也。"

今按："活"見諸《說文》，釋曰"流水聲"。正與毛傳"流也"相合。劉師培《小學發微補》說："今南方俗語之音，水流聲也，或讀為呼，或讀為嗃，皆活活之轉音，亦即河字之轉音。"又按："洋洋"又見《衡門》毛傳云"廣大也"，與此處所訓之義近。

氓

氓之蚩蚩，抱布贸丝。

毛傳："氓，民也。蚩蚩，敦厚之貌。"

朱熹《集傳》說："蚩蚩，無知之貌，蓋怨而鄙之也。"

馬瑞辰《通釋》：至《釋文》引韓詩云"氓，美貌"，蓋以氓、薎一聲之轉。《爾雅》"薎薎，美也"。然以氓為美，與蚩蚩義不相貫，蚩蚩蓋極狀其癡昧之貌。

今按："氓"見於金文、《周禮·遂人》，本義是指專事耕種的人。《說文》說："氓，田民也。"與《孟子》所云"野人"相似。所以《淮南子·修務》高誘注說："野民曰氓。"馬氏引韓詩之訓，并破通假，是。然其說氓為美與蚩蚩之義無涉，其說未安。考之《周禮》鄭玄注："變民為氓，異外內也。氓猶懵懵無知貌也。"可見毛傳、朱熹之說和鄭注本一致。"氓之蚩蚩"這個意思，《一切經音義》也有說法，其文曰："氓，冥昧貌也，言眾庶無知也。《漢書》氓氓群黎也。"可見《氓》描寫的是當年那個田民之子，無知傻傻呆癡癡的樣子，因為自己喜歡他，所以感覺他很美好。韓詩云"氓，美貌"，可謂因文求義。另外《唐石經》作"甿"，氓、甿古通用。

送子涉淇，至于頓丘。

毛傳曰："丘一成為頓丘。"

陸德明《音義》說："頓，都寸反。"（《經典釋文》，頁240）

今按："頓丘"古人注為一地名，然為何稱為"頓丘"或有考據其情的必要。檢之《爾雅·釋丘》錄"丘，一成曰敦丘。二成曰陶丘"云云。郭璞注說："成，猶重也。《周禮》曰：為壇三成。今江東呼地高堆者為敦。"又根據陸德明的反切，可見"頓丘"即"敦丘"。"敦"俗字又作"墩"。它是"堆"的音轉，郭注引江東呼"高堆"為"敦"，是。又見前文陸宗達解釋"王事敦我"條。又音"對"，如玉敦之敦，或音"頓"。可見毛詩"頓"字，《爾雅》所載"敦"字，皆是借字，其本字蓋是"堆"。20世紀在四川省發現一處考古遺址，即名曰"三星堆”，“堆”字有古遠的文化涵義。又按今讀高本漢，其書《詩經注釋》（頁 176）認為“頓”“敦”語源上和“屯”很相近。《莊子・至樂篇》有“生于陵屯”（王先謙集解本，中華書局新編諸子集成本，頁 154）。高氏又說頓丘是個同義複詞。今一併謄錄，以供大雅博覽。

桑之未落，其葉沃若。

毛傳曰：“沃若，猶沃沃然。”

朱熹《集傳》說：“沃若，潤澤貌。”又說“言桑之潤澤，以比己之容色光麗”。

今按：古今有別。毛朱之訓已明，然古人說辭簡約似有發覆補正的需要。考之《說文》“沃”寫作“渂”云：“灌溉也，从水，芺聲。”《眾經音義》引《廣雅》云：“沃，濕也，美也。”《國語・魯語》韋昭注說：“沃，肥美也。”《淮南子・墬形》高誘注說：“沃，盛也。”可見“沃若”就是說“桑葉綠油油繁茂的樣子”。《說文》所錄“灌溉”是其本義，“繁盛”等義是由之引申義。朱熹以“潤澤貌”訓解，亦是。

于嗟鳩兮，無食桑葚。

今按：陸德明《釋文》說："葚，本又作椹。音甚，桑實也。"（宋刻《釋文》頁240。又見抱經堂本《釋文》頁63）考《說文》"葚，桑實也。"桑實為什麼用"葚"一名呢？張永言先生找到了根據（《訓詁學簡論》增訂本，頁28），他指出葚的同族詞比如黮、黕、黲、黵、點、玷等都有"黑"之義。張氏並舉了一個"黮"又假為"葚"的重要書證，即《魯頌·泮水》有"翩彼飛鴞，集于泮林。食我桑黮，懷我好音"。這樣，"葚"是以其成熟時為黑色而得名的。又按："點"本義是小黑點。孔子弟子有曾晳者，即曾點也，名見《論語》"侍坐"章。晳（《說文》云：人色白也）、點，一白一黑，正好相對。古人名字文化寄焉。又按：覆核"食我桑黮，懷我好音"毛傳云："黮，桑實也。"（見四部叢刊本《十三經》，頁313上）毛傳是直接訓釋本字"葚"義，其說與同前引《說文》同。"黮"也見諸《說文》，其文曰："黮，桑葚之黑也。"陳奐《傳疏》辨之詳，凡黑之義皆可曰"黮"，並舉《淮南子》文例。說文段注又引《廣雅》："黮，黑也。"陳氏之說文繁不一一載錄（《傳疏》，頁 197）。可見張永言先生之說，實發端於段玉裁、陳奐，又有新發展也。

于嗟女兮，無與士耽。士之耽兮，猶可說也。

毛傳曰："耽，樂也。"

鄭箋云："說，解也。士有百行可以功過相除，至於婦人無外事，維以貞信為節。"

朱熹《集傳》說："耽，相樂也。"

今按：毛朱所訓簡明。考之《說文》"耽，耳大垂也。從耳，冘聲"，這就是說本義說耳垂甚大的意思。引申義則表示"過分""過量"等。段玉裁《小箋》說："耽即媅之假借。"《說文》云："媅，樂也。"王力主編《古代漢語》注釋正作："耽，沉溺在歡樂里。"今按："媅"字，《老子》二十九章"去甚、去奢、去泰"徑作"甚"，本字當為"媅"。河上公注曰："甚，謂貪淫聲色也。"（河上公章句，頁 119）"甚"就含有"過量"的意思。所以，老子的話是說：聖人要除去沉溺女色（不要過度）。"士之耽兮，猶可說矣"文意正和《老子》相對應。

又按：這句詩中的"說"鄭箋訓為"解也"，即是讀"說"為"解脫"之"脫"。就是說男士沉溺女色之中還是可以解脱出來。這樣"耽"有"沉迷其中，不合法度"之引申義了。今語"耽誤"一詞隱含其義，耽于此而誤彼是也。從"甚"的字都有過量的意思。比如湛藍、戡伐（刀兵盛多）、堪（本義是指"地突出"，後來又引申為經得起、可以等義）、諶（極其誠信。字又作"忱"），等等。

芄蘭

童子佩韘。”“**雖則佩韘，能不我甲**。

毛傳曰：“韘，玦。能射御則佩韘。”又說：“甲，狎也。”

鄭箋說：“韘，之言沓，所以彄沓手指。”

今按：毛鄭說“韘”已明。韘，就是用象骨等獸骨製作而成的扳指。在射箭等時套在右手指上以做鈎弦之用，起到保護手指的作用。其名又稱抉（決、玦），正是毛傳之說的來歷。韘，後來用於妝飾了，所以未必是射御之時才佩戴。這樣“佩韘”在古代又是成年的表徵了。又，毛傳釋“甲”，是用本字“狎”來解釋借字。《經典釋文》所存錄的韓詩正是用“狎”這個本字。《爾雅》有“狎，習也”，即習禮也。鄭玄讀“韘”為“沓”，是以“極”釋之也。（詳參陳奐說，見氏著《傳疏》，鳳凰出版社滕志賢整理本 2018 年版，頁 205）

伯兮

伯兮朅兮。

毛傳曰："朅，武貌。"

今按："武貌"之古訓質簡，就是說丈夫威武的樣子。此字又見《碩人》"庶人有朅"毛傳曰："朅，武壯貌。"《經典釋文》引韓詩作"庶人有桀"，注曰："桀，健也"。還有一個寫法作"偈"，《廣雅·釋詁一》說"偈，健也。"這三個字是同源關係。其中的"桀"，即今語的"傑出"之"傑"。即"桀—傑"是古今字關係。

誰適為容。

毛傳曰："適，主也。"

朱熹《集傳》錄毛傳，並申其義云："所以不為者，君子行役，無所主而為之故也。"

今按：《釋文》給出的反切音是"都歷反"，是讀為"敵"，即"匹敵"之敵。其義或是說：女子在家中不為梳妝事的原因是：君子行役不在，誰還配得上我為他梳妝打扮。陳奐（《傳疏》，頁 208）即讀“敵”，卻以“與主義近”縫合“敵”與毛傳之異，似有未明說之處。毛傳讀“適”為“主”，這個音訓之法自不用費言，破讀為“匹敵”之“敵”與毛傳之訓亦不矛盾。“適”有專主之義，與匹敵、嫡当、敵對等義有引申關係。這或是陳奐“義近”之說的內涵。朱熹“無所主”之“主”即是用“適”的“專主”之義，是對毛傳的承襲。“專主”與“匹敵”（配得上）義近。又馬瑞辰《通釋》引《一切經音義》卷六引《三蒼》“適，悅也”，又據《詩》之內證，以揭毛傳之失。今人程俊英從之。這個說法頗迂遠，或可商。今人高亨釋為“但”，此句譯為“但為誰打扮呢”（《詩經今注》，頁 92），此說雖有音聲之學的支持，然讀為“但”於古無征。似不可從。此條的寫作，求教過董婧宸博士，是為附記。

有狐

有狐綏綏，在彼淇梁。

毛傳云："石絕水曰梁。"

今按：這裏的"梁"就是"橋"的意思。《說文》曰："梁，水橋也。"《莊子·盜跖》講述的尾生故事，即有"女子不來，水至不去，抱梁柱而死"。（王先謙《集解》，頁 263）可見，上古說"橋"謂"梁"。比如《大雅·大明》有"造舟為梁，不显其光"，《孟子·離婁下》有"十二月輿梁成"，《莊子·馬蹄》有"山無蹊隧，澤無舟梁"。又《說文》段注說"梁"是"石杠"，兩頭堆積石頭，木橫架之可行，非石橋也。陳奐《傳疏》引段氏之說，今從略。（詳參《傳疏》，頁 40）

心之憂矣，之子無帶。

毛傳曰："帶，所以申束衣也。"

今按：帶，所以束衣也。一般說來，男子用革帶，女子用絲帶（男人也有用絲帶的）。《曹風·鳲鳩》說："淑人君子，其帶伊絲。"鄭玄說："謂大帶也，大帶用素絲，有雜色飾也。"

帶，束在衣服之外，既為了美觀又能懸掛點飾品，這就是"佩"。帶和今之褲帶不同，它有儀禮性。古人有"有冠必有帶"之說。《墨子·公孟》"齊桓公高冠博帶"，《論語·公冶長》有"赤也，束帶立於朝，可使與賓客言也"，這些用例所彰顯的內涵可以幫助我們感受到"帶"的文化內涵，以及與之相對應的貴族文化。那個時候的貴族是有修養的。孔子夢周的感歎即是一種文化情結，"懷古"緣於"傷今"，孔子所面對的是禮壞樂崩帶來的各種粗糙的社會景象。這些和他涵泳其中的"周禮"完全不同了。

王風

君子于役

君子于役。

今按：这裏的“于”是動詞詞頭。《詩經》中尚有“有”“言”等字頭。比如“憂心有忡”（見《擊鼓》）“言告師氏”（見《葛覃》），這也是詞頭。還有名詞詞頭，比如“有夏”見諸《尚書》等（說見劉又辛《漢語漢字答問》商務印書館 2000 年版，頁 41）。“有夏”之“有”孟蓬生教授讀為“域”，甚有新見，可參氏著（文章最初發表於《中國語文》期刊）。

君子陽陽

君子陽陽，左執簧，右招我由房。其樂只且。

毛傳曰："陽陽，無所用其心也。簧，笙也。由，用也。"

鄭箋曰："由，從也。"

朱熹《集傳》說："陽陽，得志之貌。房，東房也。"

今按："陽陽"當為"揚揚"借字。《荀子·儒效》"則揚揚如也"楊倞注說："揚揚，得意之貌。"於此處朱熹之訓同。下章有"君子陶陶"毛傳即為"陶陶，和樂貌"。亦可相互照應。毛傳所云"無所用其心"即"心不為事務煩擾"與"和樂"義近。

中谷有蓷

有女仳离，條其歗矣。

毛傳曰："條條然歗也。"

朱熹云："條，長也。"

今按："歗"即"嘯"字的異體字。從"欠"與從"口"，於義無别。《詩》亦錄"嘯"字，比如"其嘯也歌"（見《江有汜》）。這裏"條"字之訓需要略作補正。毛傳疊字成訓是其傳注之體。朱熹《集傳》訓為"長"，更為直接，其說甚是。"條""悠""修"都以"攸"得聲義，都有"長"的意思。關於"條"的這個用法，戴震亦從朱熹之訓，並引范王孫的舉證：漢《郊祀歌》有"聲氣遠條"。另外從攸聲的字也多有"長"這個核心義，比如"優"。"學而優則仕"之"優"即是寬裕、有富裕時間的意思。優秀義是其引申之義。"條"亦攸聲字，朱子訓為長，甚是。

丘中有麻

丘中有麻，彼留子嗟。彼留子嗟，將其來施施。

毛傳曰：“留，大夫氏。”

陳奐說：“留，即《春秋》劉子邑。”又引《漢書·地理志》《水經注》等文獻，考之已詳（可參氏著《傳疏》，頁238），今不繁錄。

今按：可見，這裏的“留”，就是劉氏之“劉”的借字。上古“留”“劉”互通之例多。《淮南子》有“劉覽偏照”高誘注說“劉覽，回觀也。”這個“劉”，讀“留連”之“留”，非劉氏之“劉”。“劉覽”後又作“瀏覽”。“劉覽”之“劉”本是音同相假借（本字是留），後來寫作“瀏”這又變成形聲字了。

鄭風

將仲子

無折我樹桑。

毛傳曰："桑，木之眾也。"

朱熹《集傳》說："古者樹墻下以桑。"

今按：對於"桑"字古人沒有特別注釋。《淮南子·說山》有"故桑葉落而長年悲也"，王念孫《讀書雜志》說："桑葉，當為木葉，長年見木落而悲，不當專指桑葉言之。"並說《文選》《太平御覽》等所引正作"木葉"。可見"桑"地位甚高，曾是木本植物的代表。今按：王雲路教授寫文糾正《雜志》之偏失（載氏著《詞彙訓詁論稿》北京語言文化大學出版社 2002 年版，頁 51），其說可從，文繁不錄。又《公羊傳·文公二年》"虞主用桑。"蓋"桑"猶"喪"也，喪事之喪與桑樹之桑諧音相用。這提醒我們關注"桑"的特定文化含義。《衛風·氓》正是用"桑之未落""桑之落矣"等來說時光遺失，芳華不再。用"桑"來表示衰敗年老也多見，比如古人用“桑榆”比喻老年。張華即有“從容養餘日，取樂于桑榆”句。毛傳說：“桑，木之眾也。”可謂大有古義。考之《禮記·內則》有“射人以桑弧蓬矢，六射于天地四方”，孔穎達疏說“桑，眾木之本。”可見桑在早期禮樂文化中的地位之高。又《說文》“桑”字不入“木部”單行一部，段玉裁說這是“所貴者也”，其說極是。

大叔于田

執轡如組，兩驂如舞。

毛傳曰："驂之與服，和諧中節。"

鄭箋曰："如組者，如織組之為也。在旁曰驂。"

今按：毛鄭之訓需要有一定的文化常識才好讀通。這裏的"轡"是韁繩，套在馬嘴上以駕馭馬匹。"組"的本義是絲帶。一個車子古代有四匹馬來拉著走。四匹馬分裏外：內兩匹馬叫"服"、外兩匹馬稱"驂"。這就是毛公說的"驂之與服"，鄭玄說"在旁曰驂"。整句是說：駕馬的人手拿著韁繩（技藝嫻熟），猶如織布的人製作絲帶，運用自如，很是和諧。毛公說"和諧中節"就是如此，很有美感，好像執掌韁繩的"中和"節奏一般。還有個細節關涉修辭格，就是經文只說了"兩驂如舞"，實際上，大家了解了馬車規制都知道這裏是"舉驂見服"，所以毛公之說甚確。

叔善射忌，又良御忌。

毛傳說："忌，辭也。"

鄭箋說："忌讀如'彼己之子'之己。"

今按：鄭箋引詩出《王風·揚之水》。"彼其之子"鄭箋云："其或作記，或作己，讀聲相似。"可見"忌"在這裏是虛詞。"其""期""己""記""忌"等常常通用。鄭玄總結規律，統一注釋。

羔裘

孔武有力。

毛傳云："孔，甚也。"

今按："孔"有很、非常之義。毛傳之訓又見《豳風·七月》"我朱孔陽"，《東山》"其新孔嘉，其舊如之何？"《小雅·賓之初筵》"飲酒孔偕"等。《大雅·抑》"昊天孔昭"鄭箋云："孔，甚也。"孔又有"空"之義，《老子》有"孔德之容"王弼注："孔，空也。"河上公注說："孔，大也。"王力先生認為：空、孔、銎、腔是組同源字（詳參《同源字典》中華書局《王力全集》本，頁396）。

女曰雞鳴

知子之來之，雜佩以贈之。

毛傳曰：“雜佩者，珩、璜、琚、瑀、衝牙之類。”

朱熹說：“雜佩者，左右佩玉也。上橫曰珩，下繫三組，貫以蠙珠。中組之半，貫一大珠，曰瑀；末懸一玉，兩端皆銳，曰衝牙；兩旁組半，各懸一玉，長博而方，曰琚；其末各懸一玉，如半壁而内向，曰璜；又以兩組貫珠，上繫珩兩端，下交貫於瑀，而下繫於兩璜，行則衝牙觸璜而有聲也。”朱熹并引《呂氏》曰：“非獨玉也，觿燧箴管，凡可佩者皆是也。”（《集傳》，頁 80）陳奐《傳疏》說：“集諸玉石以為佩，謂之雜佩。雜之為言集也合也。諸玉石，《傳》所謂珩、璜、琚、瑀、衝牙之類是也。”（《傳疏》，頁 260）

今按：朱、陳都從各自的角度申明了毛公之訓。檢之《詩經注析》等今注，今人多不察“雜佩”之“雜”的涵義。細究古注可知：朱熹說出了雜佩之形制，而陳奐引據《詩·子衿》毛傳“佩，佩玉也”之訓後，指出“雜”有“集也、合也”之義。其説可從。《漢書·藝文志》著録古書名含“雜”字者多，比如《諸子略》載有《雜黄帝》（五十八篇）、《詩賦略》著録《秦時雜賦》（九篇）等。其中之“雜”字不是雜亂無序義，是陳奐所云“集合”義，是以類相從而都成一部尔。

知子之來之，雜佩以問之。

毛傳曰：“問，遺也。”

今按：本詩三章分别用“贈之”“問之”“報之”，可以推見毛傳是把“問”解釋為“贈送”，故用“遺”訓之。這個假“問”作“遺”的用法又見於《左傳》，《宣公十六年》有“楚子使工尹襄問之以弓”，《哀公十一年》載“使問弦多以琴”。杜預注並曰：“問，遺也。”（經注本《十三經》，頁1044、頁1187）。毛傳杜注，皆是。楊伯峻注説：問，詢問、問好。古代問好必帶上禮物，云云，楊氏之説或可商。今并録斯以便同好對讀。（楊氏説詳參《春秋左傳注》修訂本，中華書局2009年版，頁887。）

山有扶蘇

不見子充，乃見狡童。

毛傳曰："子充，良人也。"

朱熹說："子充，猶子都也。"

馬瑞辰《通釋》說："《孟子》：充實之謂美。《唐韻》：充，美也。"

今按：上一章有"不見子都，乃見狂且"，毛傳曰："子都，世之美好者也。"所以，"子充"與"子都"並舉，故毛公訓為"良人"。"都"字從"邑"，本有都邑、都城（國都）諸義。"都"之有"美"之義，正如"鄙"（"邊邑也"）有"鄙陋""粗鄙"諸義，其由來一也。古人自謙"鄙人"就是說自己是來自鄙野之人，沒有什麼見識，這當然是謙辭。子都之都，幫助我們更深切地理解它。另《詩經》又有《都人士》見諸《小雅》，其詞曰："彼都人士，狐裘黃黃，其容不改，出言有章。行歸于周，萬民所望。"其餘四章，今從略。馬氏解子充之訓源出《孟子》，是。

丰

子之丰兮，俟我乎巷兮。

毛傳曰："丰，豐滿也。"

鄭箋說："子，謂親迎者。我，我將嫁者。有親迎我者，而貌丰丰然豐滿，善人也。"

今按：下章"子之昌兮"毛傳曰："昌，盛壯貌。"可見，這是形容來迎親的男子長得很豐滿（強壯）有力。可見古人的審美觀念以豐滿為美，"丰"不獨用諸女人。同"丰"相對待的詞是"瘦"，古人認為是一種病。"瘦"字在"疒"部"叟"聲。"叟"也表義。鄒曉麗說：從"叟"字都有年長、時間久之義。比如年長的女子謂"嫂"，食物放久了就"餿"，水分在體內存儲久了變成"溲"（即"尿"的本字），在某處查找東西時間長了就是"搜"，春天在野外長時間搜捕野獸叫"獀"（字又作"蒐"）。病得久了就會"瘦"。鄒說，極是。病，是形聲字，從疒，丙聲。其形符是"疒"表示人有疾病平躺在牀上，甲骨文更是生動，這個病者還在冒虛汗。可見，瘦在古人看來是一種病。又按鄒曉麗認為朱駿聲說“叟”是“搜”的本字，不確。因為“老馬識途”，古人穴居，在探測新居時候秉持火把的人都是經驗豐富的老者。所以，“叟”是對年長者的尊稱，而“搜”是引申義。鄒說可從。（詳參氏著《基礎漢字字形釋源》，頁 59）又按：程俊英《注析》（頁 246）說“丰”字又作“妦”，引《玉篇》說“妦，容貌好。”其說不可從。今按：《方言》錄“妦”字，它是後起字，和奸、妄、妒等詞義相近。從今天的知識背景看去，這些字包含著對女性的文化偏見。

子衿

縱我不往，子寧不嗣音。

毛傳："嗣，習也。"

鄭箋："嗣，續也。"

朱熹《集傳》："嗣音，繼續其聲問。"

今按：有學者說：朱熹從鄭玄說，"嗣音"即不間斷地互通消息之義，比《毛傳》的解釋通達得多。其實三家古注並無二致。韓詩、魯詩"嗣"作"詒"。魯詩曰："詒，遺也，詒我德音也。"韓詩說："詒，寄也，曾不寄問也。"（詳參陳喬樅《三家詩遺說考》）這處異文不容忽視。細味毛鄭，可見"學而時習之"之"習"有"反復學習、演習所學（禮樂）知識"的意味。說文："習，數飛也。"這個"數"字大義存焉。毛公訓為習，是說要經常（數）保持音訊，鄭、朱兩家是訓"嗣"之本義"繼續"。三家詩則解為"送去"音訊了，經字之闡義層次之多，此例可見矣。又按：《詩》亦有借"似""代""嗣"者，如《斯干》有"似續妣祖"等。

野有蔓草

零露漙兮

毛傳曰："漙漙然，盛多也。"

鄭箋云："零，落也。"

今按：這裏"零"是"落"之義，且早期多專指花草之落。比如《說文》說："艸曰零，木曰落。"《禮記・王制》："草木零落，然後入山林。"後來"落"表示"樹木之落"成為常用義，杜甫詩有"無邊落木蕭蕭下"，所以唐慧琳《一切經音義》卷六釋"落"字引《說文》作"草木凋衰也"。先秦經文用字"落"也有作"木落"解的，比如《左傳・僖公十五年》："歲云秋矣，我落其實而取其材，所以克也。"這裏"零露漙兮"之"零"《正義》本作"靈"。林義光據《說文》"霝，雨落也，零，餘雨也"，陳氏認為《詩》中"零雨""零露"皆當作"霝"，作"零"者音近而訛（《通解》，頁104）。又《釋文》說"漙"一作"團"，《文選》錄謝靈運詩、

《太平御覽》地部二十亦作“團”。露珠落在葉子上成圓形如珠子一般，所以毛傳說“盛多也”，是。

齊風

雞鳴

蟲飛薨薨，甘與子同夢。

毛傳："薨薨，眾多也。"

朱熹《集傳》："薨薨，群飛聲。"

今按："薨薨"又見《大雅·綿》"捄之陾陾，度之薨薨"朱熹《集傳》說"眾聲也"。結合上下文是"填土的聲音"。可見"薨薨"有聲音大的意思，古代說帝王之死曰"薨"亦是用此義。鄒曉麗回憶劉盼遂先生五十年代授課時候說：天子死稱為"崩"，聲如山崩而震天下；諸侯曰"薨"，其聲小於崩；大夫死曰"不祿"聲如石頭投入水中之聲；庶民死曰"死"（音澌），聲如燒紅的鐵放入水中而澌的一聲就滅息了。劉氏之說精彩而有趣。（詳參鄒氏《基礎漢字字形釋源》，頁 27）今按《說文》云："死，澌也。人所離也。"鄒氏關於師者教學的記憶很溫馨，我也常有此感！當年的老師講課的內容都忘掉了，他們對學問的態度，他們說話（講故事）

的音容笑貌，歷時彌新。時間過去之後，再回憶起來，常常感到精彩而有趣。

東方未明

東方未明，顛倒衣裳。

毛傳曰："上曰衣，下曰裳。"

今按：摸黑起床，衣與裳都穿顛倒了，一副可掬之相。《說文》曰："上曰衣，下曰裳。"這是析言，渾言則無別矣。如《葛覃》有"薄污我私，薄澣我衣"，《秦風》有"豈曰無衣，與子同袍"，《論語·里仁》"士志於道，而恥惡衣惡食者"，《莊子·山木》"衣弊履穿"，這些用例中，即泛指"衣服"，與今語無別。"裳"是下衣。《說文》作"常"或作"裳"，曰："下裙也。"比如《綠衣》"綠衣黃裳"，《有狐》"心之憂矣，之子無裳"，《斯干》"乃生男子，載寢之牀，載衣之裳，載弄之璋"，又《七月》"我朱孔陽，為公子裳"。

別記："衣裳"析言有別，宋代亦有用例。見蘇軾《後赤壁賦》"（孤鶴）玄裳縞衣"。這就是分開說，那隻鶴鳥是白身黑尾，身在上部所有說"衣"，尾在下在後所以用"裳"。

南山

析薪如之何，匪斧不克。

毛傳："克，能也。"

鄭箋："析薪必待斧乃能也。"

今按："析"字從"斤"是"析"字本義，析薪需有斧斤，所以字從斤。又檢之古文字，可知"新—薪"在這個意義上是古今字關係。《說文》錄"薪"字。朱駿聲《定聲》引《禮記·月令》"收秩薪柴"鄭玄注曰："大者可析謂之薪，小者合束謂之柴。薪施炊爨，柴以給燎。"朱氏進一步說："薪，草柴；柴，木柴也。"此條本無可議，只是本句涉及"析""薪"之本義，存錄於斯以資博雅。

盧令

其人美且鬈。

毛傳曰："鬈，好貌。"

鄭玄箋說："鬈當讀為權，勇壯也。"

朱熹《詩集傳》說："鬈，鬚鬢好貌。"

今按：考之《說文》"鬈，髮好也"，結合古注，這裏的"鬈"即今人所說的"卷髮"如波浪鬈等。"鬈"從髟，從卷。《大雅·阿卷》毛傳說："卷，曲也。"所以，從卷得聲字，都有彎曲的意思。比如"拳頭"之拳，許慎但說"手也"段注說："卷之為拳。"其說甚是。蜷見諸《廣韻》，說"蜷，蟲形詰屈"，今語有"蜷縮"一詞。《說文》載錄"觠"字，解釋說"觠，曲角"，等等。這些從卷的字，都有彎曲的意思。

鄭玄箋是先注音又釋義，音"權"是將"鬈"讀為"拳頭"之"拳"，所以訓為"勇壯"，其說很有道理。古書也多有例證。比如《詩·澤陂》有"碩大且卷”，《國語》錄“有捲勇”，都是表示有“有力”之義。陳奐認為鄭玄采信的是三家詩義，詮釋層次不同于毛詩。再從整首詩看，本詩三章用字分別是“仁”“鬈”“偲”，其中“偲”毛傳曰：“偲，才也。”鄭箋：“才，多才。”先說“仁”，次言“勇”，以“多才”終，且每章都是“其人美且某”格式。若依毛傳“那個人容貌很好，頭髮鬈曲很美”並不合乎語境。這樣看，鄭玄之說似略勝。

猗嗟

舞則選兮，射則貫兮。

毛傳曰："選，齊。貫，中也。"

鄭箋曰："選者，謂於倫等最上。"

朱熹《集傳》說："選，異於衆也。或曰：齊於樂節也。貫，中而貫革也。"

今按：三家注對"選"的解釋略有差異。朱熹所録"或曰"實從毛説"選，齊"，並説訓為"齊"是指樂舞和諧。今按"選"有"整齊"之義，又見《史記·仲尼弟子列傳》有"任不齊"字"選"。鄭康成訓為"第一等"，即讀為"優選"之"選"，是說樂舞和諧水準一流之義。後世古書有常詞"一時之選"，即是這個用法。又"貫，中而貫革也"，朱子亦是申說毛義，可見這裏的"貫"是"貫穿"之義。朱子之訓是。又，"選"又寫作"撰"，如賈誼《等齊篇》有"撰然等齊"。《文選》録傅毅《舞賦》李善注引韓詩曰："舞則纂兮。"並引薛君說："言其舞則應雅樂也。”（《宋尤袤刻本文選》第五冊，國家圖書館出版社 2017 年版，頁 31）今按：選與纂、筭是音近通假，陳喬樅有考證。又《柏舟》“不可選也”，《後漢書·朱穆傳》李注引《絕交論》作“筭”。（《宋本後漢書》第十七冊，國家圖書館出版社 2017 年版，頁 138。又見中華書局點校本頁，1467）今按：“不可選也”毛傳曰：“不可數也。”《說文》云：“算，數也。”可見三家詩作“算”（筭）與毛傳之說，同。

魏風

葛屨

糾糾葛屨，可以履霜。

毛傳曰："糾糾，猶繚繚也。夏葛屨，冬皮屨，葛屨非所以履霜。"

鄭箋云："葛屨賤，皮屨貴。魏俗至冬猶謂葛屨可以履霜，利其賤也。"

今按：這裏有"屨""履"兩詞，後來以"鞋子"一詞名之，其初不是。考之《說文》，"屨，履也。"段注引晉蔡謨之說："今時所謂履者，自漢以前皆名屨。"書證多有：《左傳・昭公三年》有"屨賤踊貴"（經注本《十三經》，頁 1109）。《禮記》有"戶外有二屨"，等等。蔡說極精。段玉裁說："《易》《詩》《三禮》《春秋傳》《孟子》皆言屨，不言履。周末諸子、漢人書乃言履。《詩》《易》凡三履，皆謂踐也。然則履本訓踐，後以為屨名，古今語異耳。"今按：《葛屨》這句之中屨、履意義相別，可證蔡、段說之精彩。

好人提提，宛然左辟，佩其象揥。

毛傳曰："提提，安諦也。象揥，所以為飾。"

朱熹《集傳》説："提提，安舒之意。揥，所以摘髮，以象為之，貴者之飾也。"

今按："提提"孔疏云："言安諦，謂行步安舒而審諦也。"魯詩"提提"作"媞媞"。比如王逸《楚辭章句》引《詩》作"好人媞媞"。東方朔《七諫》有"西施媞媞而不得見"之句。陳奐《傳疏》、馬瑞辰《通釋》皆認為"提"是"媞"之假借。《説文》云："媞，諦也。"《爾雅》錄"媞媞"，訓為"安也"，均與毛傳同。《漢書敘傳》有"姼姼公主，乃女烏孫"師古注引《詩》"好人媞媞"並云："媞與姼音義同。"《説文》云："姼，美女也。"可見"媞媞"之"安諦"義，亦是一種"美好"義。"象揥"朱子之訓更為明了。其實朱傳亦是尊本毛傳。這種貴婦人飾品"揥"已見《鄘風·君子偕老》毛傳説："揥，所以摘髮也。"兩相比較可以見出毛傳注釋之體例，前詳後略，是古注之例。又按《淮南子·説林》有"提提者射"高注云："提提，安也。"又説："提提安時，故為人所射。"高注亦是。王念孫有新解，文繁不錄。亦可參劉文典《淮南鴻烈集解》（安徽大學出版社《劉文典全集》增訂本，頁 634）。

伐檀

河水清且漣猗。

毛傳曰："風行水成文曰漣。"又說："河水清且漣。"

今按：細味毛傳云"河水清且漣"，可見"猗"為助詞，不出訓釋。陳奐說："猗，石經殘碑作兮。語已詞也。"（《傳疏》，頁 331）。魯詩"猗"作"兮"。陸宗達說：古文中的"也"即 ē，也用"猗"代表 ē，最初用"猗"不用"也"。《商頌・那》："猗與那與，置我鞉鼓。"前面的"猗"無義，古時唱歌多用之。《漢書・武帝紀》即有"猗與偉與"。今又按毛傳所云"風行水成文曰漣"又"淪為小風水成文"云云，陳奐也辨說甚明（頁碼同上），可從。

不稼不穡，胡取禾三百億兮。

毛傳曰："萬萬曰億。"鄭箋說："十萬曰億。"

朱熹云：“十萬曰億。蓋言禾秉之數也。”

今按：毛鄭訓“億”有分別，朱熹從鄭說。陳奐以為“十萬”乃“萬萬”之誤，征引繁富，其說可從（《傳疏》，頁 333）。俞樾立新說，以為“億”通“繶”，據《廣雅·釋詁》“繶，束也”，所以得出結論，“三百億”即為“三百束”。俞氏之說或不可從。《廣雅》引文中的“繶”是動詞義，即收束。而“三百億”之“億”是量詞。王力把這個做法稱為“偷換概念”（詳參王氏文章《訓詁學上的一些問題》）。

彼君子兮，不素餐兮。

毛傳曰：“素，空也。”

鄭箋說：“是謂君子之人不得進仕也。是謂在位貪鄙，無功受祿也。”

今按：《論衡·量知》錄：“素者，空也。空虛無德，餐人之祿，故曰素餐。”王充可謂毛傳功臣。鄭箋說義側重在“無功受祿”，這個說法又見《孟子》趙注。《孟子·盡心上》載錄公孫丑之言，曰：“《詩》曰不素餐兮，君子之不耕而食，何也?”趙岐注說：“無功而食謂之素餐。”細緻比較這幾條資料，特別是公孫丑的話，我們知道《詩經》時代的“素餐”是指不勞而獲，具體說即公孫丑說的“不耕而食”。後來專指“無功食祿”。漢魏已來佛教日盛，又專指釋家齋食了。毛傳鄭箋說詩有近有遠，旨趣若一，然今日讀之，其詞義之演變層次又不得不辨矣。

碩鼠

三歲貫女，莫我肯顧。

毛傳曰："貫，事也。"

鄭箋曰："我事女三歲矣。"

今按：《説文》説："貫，錢貝之貫。"這是説其本義。昆曲有《十五貫》，古義存焉。而毛傳鄭箋皆以"事"訓"貫"，其依據蓋來自《爾雅·釋詁》"貫，事也"，這是説在本詩中"貫"是"侍奉""供養"的意思。這個用法與本義差異頗遠。段注《説文》"貫"下有解釋説："亦借為宦字，比如毛詩三歲貫女。魯詩作宦是也。"據《隸釋》録漢石經殘碑亦作"宦"。馬衡所録亦是。這正與陸德明《經典釋文》所云"貫，徐音官"相一致的。《玉篇》録"官，宦也"，《説文》有"宦，吏事君也"，這樣就明白了毛鄭所云"貫，事也"是訓"貫"之假借義。毛鄭之訓是。又按：今人高亨《詩經今注》説："貫、宦，並借為豢。"《説文》"豢，以穀圈養豕也”，高氏破假借，尋找本字“豢”是說“貫女”為“養你”，是。又按《釋文》“徐音官”錯刻為“徐音宮”，刻本“官”“宮”形近而誤多見。今人袁梅《詩經異文彙考辨證》（頁 176）循其誤，似不當。

唐風

山有樞

宛其死矣，他人是愉。

毛傳曰："宛，死貌。愉，樂也。"

鄭箋説："愉讀曰偷。偷，取也。"

今按：《經典釋文》引馬氏説："宛，於阮反，本亦作苑。"其説是。宛是苑的借字，兩字通用亦多見《淮南子》，如《本經》"百節莫苑"高注曰："苑，病也。"又《俶真》"形苑而神壯"高注曰："苑，枯病也。"今按山東話説草木衰死曰枯曰萎又曰蔫，都與"苑"有語音關係。古書"苑"又寫作"葾"。如《廣雅》錄"蔫、菸、葾也"，《玉篇》"萎，葾也"，可見毛傳之訓"宛，死貌"甚是。細讀毛鄭兩家對"愉"的釋義不同，其實是音讀的問題。毛公讀"愉"為"以朱反"，鄭玄則讀為"他侯反"，所以鄭玄讀為"偷"並且解釋為"取"。根據語境及《毛詩序》"有財不能用，有鍾鼓不能以自樂"，説本詩是諷刺守財奴的，生前吝嗇不知享受，死後財務為他人取用（快活）。可見毛鄭詩是一致的，只是訓解層次略有異耳。

綢繆

今夕何夕，見此良人。

毛傳曰："良人，美室也。"

朱熹《集傳》："良人，夫稱也。"（《詩集傳》，頁 70）

陳奂說："良人，猶美人。"（氏著，《傳疏》，頁 348）

今按：所謂"男有室女有家"，毛傳所云"美室"即美妻。後世有"妻室"之說，即存此古義。檢之《孟子・離婁下》，曰："齊人有一妻一妾而處室者，其良人出，必饜酒肉而後反。"曹植《雜詩》有"妾身守空閨，良人行從軍"，這裏的"良人"說的都是"丈夫"。可見，在上古"良人"的語義並未分化，既可以指妻又能說夫。本條所列三家注釋之分歧或由此處來。《說文》："良，善也。"上古文獻中，或單稱"良"或用作"良人"。《國語・齊語》"鄉有良人焉"，韋昭注曰："良，鄉士也。"《呂氏春秋·序意》"良人請問十二紀",高誘注:"良人,君子也。"《廣雅·釋詁一》有"郎,君也",王念孫《疏證》說:"郎之言良也。"並舉《禮記·少儀》例"負良綏"鄭玄注說:"良綏,君綏也。"又《爾雅》載"良,首也",這個"首"即"首領"之"首",夫為妻妾之首、之君,這或是夫成為"夫君""良人"的語源。古代夫妻又互稱"良"。後來新郎、新娘都是從"良"分化出來的字。《說文》:"郎,魯亭也。"可見本義是亭驛名。娘與孃是古今字。《說文》:"孃,煩擾也。一曰肥大。"可見"娘(釀)"與表示"新娘"之"娘"字形相同,來歷卻不一致。可見,新郎、新娘都是"良"的分化字,分析起來兩字都從"良",其中"良"又表音也表義。

杕杜

有杕之杜，其葉湑湑。

毛傳曰：“杕，特生貌。湑湑，枝葉不相比也。”

有杕之杜，其葉菁菁。

毛傳曰：“菁菁，葉盛也。”

鄭箋云：“菁菁，希少之貌。”

今按：這裏“湑湑”“菁菁”之訓，鄭玄保持了前後一致。毛傳“枝葉不相比”即說枝葉稀疏不密，于是鄭玄無注，可見是尊從毛公的。至“菁菁”毛公訓為“葉盛”，鄭玄做出了“希少之貌”的箋注，可見這又不同意於毛氏了。是處“希少”和上文“不相比”正一致。到了宋代，朱熹曰：“湑湑，盛貌。”又說“菁菁，亦盛貌”。可見他是不從毛鄭之義。“湑”字又見《裳裳者華》“其葉湑兮”毛傳正訓為“茂盛”之“盛”。今人高亨、程俊英等都襲承朱熹，訓為“盛”。唐人孔穎達注意到了毛傳前後的矛盾，他調諧說：湑湑訓“枝葉不相比”，菁菁訓“葉貌”，“互相明耳”。言葉雖茂盛而枝條稀疏，以喻宗族雖彊不相親暱也。陳奐（《傳疏》，頁 350）從之。戴震（《補傳》，285 頁）不采前人，徑下按語云：“湑湑，潤澤貌。”戴氏之訓是說甘棠枝葉綠油油的長得很好，亦通。今按：細味毛鄭，毛傳訓“湑湑”為“不相比”，鄭玄從之的原因或在於“杕，特生貌”（《釋文》無“生”字）是“因文生義”。這裏的“特”即“獨特”義，說甘棠之木孤單獨生，它的枝葉自然不是密密麻麻繁茂的樣子。這樣的起興也和詩文“人無兄弟，胡不佽焉”的情景相合。可見，毛鄭之訓是文本義，至於“湑湑”訓為“不相比”似於古無據，可商。“菁菁”《釋文》錄異文作“青青”，戴震訓“湑湑”為“潤澤”似可前後相應，然戴震“菁菁”又從毛傳“葉盛”之訓。今抄錄前賢之訓，細味其中意味，可見毛鄭訓傳體例上的某些細節，也可見出漢唐至清，幾代學者的訓詁意趣之不同。又按：詩文本“胡不比焉”“胡不佽焉”或是毛傳訓“湑湑”為枝葉“不相比”的語境根源。

秦風

車鄰

有車鄰鄰，有馬白顛。

毛傳曰："鄰鄰，眾車聲也。白顛，旳顙也。"

今按：《楚辭·九歌》王逸注引《詩》作"有車轔轔"。《說文》有"鄰"無"轔"，後《說文新附字》錄"轔"，可見"轔"為後起字。又按，"顛"本義就是頭頂，故字從"頁"，今語有"巔"即是它的引申義。古訓"頭頂謂天"，"天，顛也"，是聲訓之法。有學者說，本沒有"天"字，古人以"顛"稱之。"天"為後起字，今存錄是說，以資博雅。

晨風

鴥彼晨風，鬱彼北林。

毛傳曰："鬱，積也。"

今按："鬱"即今"郁"字。考《說文》："鬱，木叢生者。"可見毛傳是訓其引申之義。字又見劉向《九歎》"願假簧以舒憂兮，志紆鬱其難釋"，這是說聚積心中的鬱結。《詩經》又有"苑""菀""蘊"等皆為"鬱"之同源字，比如"我心蘊結兮"（見《檜風》）即說"我心鬱結"。毛傳多訓為"茂也"，比如"有菀者柳""菀彼桑柔"等。下文有詳考，今不贅述。

無衣

與子同澤

毛傳曰："澤，澤潤也。"

鄭箋曰："澤，褻衣，近污垢。"

朱熹《集傳》說："澤，裹衣也。以其親膚，近于垢澤，故謂之澤。"

今按：三家古注訓釋角度略有不同，本質如一，本不需置喙考辨。今人有引《說文》"襗，絝也。"段注："绔者，脛衣也。"並說"脛衣"即今語所云"套褲"。又說"套褲"無腰，套在兩脛褲外，多人可以互穿。用這個來反對上述三家古注，說：若解釋為"褻衣"即今語"襯衣""襯褲"，則不便多人互穿矣。今按：這個說法看起來合情合理，其實不然。這是科學方法解經，或不可取。全《詩》所云的"與子同袍""與子同澤""與子同裳"等都不必考實，是一種修辭而已。即便考實，古注反而更好，出生入死的人，還在乎襯衣不潔淨乎？語言有虛實，不可一味考實。

陳風

宛丘

子之湯兮，宛丘之上兮。洵有情兮，而無望兮。

毛傳曰："湯，蕩也。四方高中央下曰宛丘。洵，信也。"

鄭箋說："游蕩無所不為。"

朱熹《集傳》說："子，指游蕩之人也。望，人所瞻望也。言雖信有情思而可樂矣。然無威儀可瞻望也。"

今按：魯詩"湯"作"蕩"。考之《方言》，云"婬、愓，游也。江沅之閒謂戲為婬，或謂之愓"。《説文》："愓，放也"，《廣雅》"愓，戲也"，可見"湯""蕩"或都是借字，"愓"是其本字。"洵""信"同部故同義，毛傳用的是聲訓之法。"洵"又見《鄭風·有女同車》："彼美孟姜，洵美且都。"鄭箋："洵，信也。"《左傳·昭公十六年》杜預注引詩作"詢"。《鄭風·溱洧》又有"洧之外，洵訏且樂"陸德明《釋文》錄："洵，韓詩作詢。"另外，朱熹說“信有情思”，可見朱熹訓“情”為“情思”之“情”。這裏的“情”讀“情實”之“情”，即“真”的意思。這句詩是說“確實有這樣的情況存在”。朱子之說可商。關於“宛”，《說文》說“宛，屈草自覆也”。屈即屈服之屈，有“彎曲”義。清儒焦循說：“凡從宛之字，皆有曲義。馬屈足曰踠，貌委曲曰婉，畹為目深，謂目上下高，中深，正與宛丘同。”今語餐具之碗亦是此形制。（《通詁》，頁337）《爾雅·釋文》說：“宛，郭音蘊。”《韓詩外傳》有“陳之富人觴於韞丘之上”。今按：蘊、韞音近。據《釋文》可推知：韓詩所云“韞丘”即毛詩之“宛丘”。陳奐也有相關討論（參氏著《傳疏》，頁393）。

衡門

泌之洋洋，可以樂飢。

毛傳云："樂飢，可以樂道忘飢。"

鄭箋曰："飢者見之，可飲以𤻲飢。"

朱熹《集傳》說："泌之水雖不可飽，然亦可以玩樂而忘飢也。"

今按："樂飢"，《韓詩外傳》、《文選》李注、《太平御覽》卷五十八引並作"可以療飢"。鄭箋是。字見《說文》曰："𤻲，治也。或作療。"可見，毛朱增字解經似不可從。錢鍾老《管錐編》（修訂本，頁211）評論說"不食人間煙火語"。不明通假，為後人病之，學者不可不慎也。錢老博洽，用語俏皮，憨態可掬。

東門之池

可以漚麻。

毛傳曰："漚，柔也。"

鄭箋云："於池中柔麻，使可緝績作衣服。"

今按：陳奐《傳疏》說：漚、柔疊韻為訓，陳氏深諳古音，識其精微，甚是。又引《考工記》"涚水漚其絲"鄭注云："漚，漸也。楚人曰漚，齊人曰涹。"這條文獻甚為重要。其中"漚，漸也"，陳氏並未多加討論，又說毛傳訓為"柔"，言與"蹂""揉"同。似又有不妥。今略作補正如下：毛之訓"漚"為"柔"，鄭以"柔麻"箋之。可見是將麻放入水中漚泡使其變柔而可以用於織布。《考工記》所存鄭注"漚，漸也"，亦是揭示此誼。陳氏讀為"蹂""揉"似不當。另外這個意義的"漸"字見《荀子》云："蘭槐之根是為芷，其漸之滫，君子不近，庶人不服。"楊倞注："漸，漬也，染也。"正是此詩"漚"之義。"漚"訓為

“漸”易曉，“漸”表“浸泡”“浸染”似僅見《荀子》，故特抄錄於斯，以供齊觀。又《王力古漢語字典》“漸”字收此義項，其釋為“浸”是（參《字典》622頁），然似有未達。

彼美淑姬，可與晤歌。

毛傳曰：“晤，遇也。”

鄭箋云：“晤，猶對也。言淑姬賢女，君子宜與對歌相切化也。”

朱熹《集傳》說：“晤猶解也。”

今按：據《爾雅·釋言》“遇，偶也。”又《釋詁》：“偶，合也。合，對也。”可見毛鄭詩說本同無異。所以，孔疏說：“《傳》以晤為遇，亦為對偶之義。”朱熹言“晤猶解也”，這裏的“解”是說“邂逅”之邂，也是相遇之義，亦與毛傳同。今按：從“吾”字多有交錯義，比如“語”（辯難曰語）。從“吾”聲者也有“交錯”義，比如午、忤，等等。又按：“彼美淑姬”陳奐說整本《詩經》用“淑”字多例毛傳均有訓解“淑為善”，獨此處不見，所以陳氏以為經文當作“彼美叔姬”，並說“彼美叔姬”猶云“彼美孟姜”云云。（參氏著《傳疏》，頁399）陳氏所云當否，今且不議，存古以俟後來。然陳氏玩味毛詩之深，是後來之楷模。

墓門

斧以斯之。

毛傳說："斯，析也。"朱熹從之。

今按：斧、斯、析都是從"斤"字。所以"斯"的本義是析薪，即劈開木材。後來，這個意義也轉移了，析薪的人也叫作"斯"。《周易·旅》"斯其所取災"，王弼注："斯賤之役。"《左傳·哀公二年》杜預注："廝賤之役。"陸德明《經典釋文》說：字本作"斯役"。可見"斯役"後來寫作"廝役"，用來表示執掌卑賤職役的人。一詞有兩義且意義本相通，此為漢字之一韻味也。有學者說在"賤役"意義上，"斯—廝"看成是古今字，本書以為不確切，說是一組同源詞倒是可以。"斯"這個音同"劈砍木材"聯繫起來就有"破碎"的意義，一旦"斯"這個音和"破碎"相關聯，於是就孳乳出一批字來，比如"嘶啞"之"嘶"，即表示聲音破裂的狀態。《漢書·王莽傳》即錄有"大聲而嘶"師古注曰：

"嘶，聲破也。"又冰破為"凘"，《楚辭·九歌》有"與女游兮河之渚，流凘紛兮將下來"，王逸注說："流凘，解冰也。"裂布、紙等，今用"撕"字。其實，斯、析、凘、嘶、撕、廝，這些應該都是同源字，讀音相同且都有分開撕裂之義。邵晉涵《爾雅正義自序》說："聲音遞轉，文字日孳。聲近之字，義存乎聲。"是也。從"斯"到"廝"的因聲繫聯而意義轉移的例子又有"炮—庖"，本書認為庖，從"宀"是說"庖"是建築之一種。為何叫"庖"呢，字從"广"從"包"，從"包"其實質是從"炮"省。《說文》說"炮，毛炙肉。"即烹炮之炮。烹炮之所即"庖"。這是兩字兩義，其源則一。

澤陂

有美一人，傷如之何。

毛傳曰："傷無禮也。"

鄭箋曰："傷，思也。我思此美人當如之何而得見之。"

今按：今讀《爾雅・釋詁》遇到"台、朕、賚、畀、卜、陽，予也"，郭璞注引魯詩作"陽如之何"，並注解說："今巴濮之人自呼阿陽。"可見"陽"是"我"的方言用字。毛鄭詩讀如字，不讀"傷"為"我"，其義也通。毛鄭詩訓為"憂傷"之"傷"，即本詩《毛序》所云"憂思感傷"之"傷"。檢《玉篇・阜部》錄韓詩"有美一人，陽若之何"，又解釋說："陽，傷也。"可見韓詩經文用字為"陽"，注釋卻說是"陽，傷也"，則"陽"是"傷"之借字，韓毛詩義同。又按：《爾雅》這個"予也"詞條包含了"我"和"給予"兩義，其中"台、朕、陽"是"我"，"賚、畀、卜"是"給予"之義。

曹風

鳲鳩

鳲鳩在桑，其子七兮。

今按：這裏的“子”是“動物的後代”。《王力古漢語字典》列舉五個義項，並未涉及這個用法。《字典》給出的第一義項是“兒女”，比如《大雅·生民》就有“居然生子”的用例。“鳲鳩之子”的用法，當是從“兒女”這個意義上引申來的。這是動物的後代，當然也對應有“植物的後代”的用法，即“子”又有“植物的種子”義。後來為了區分，在字形上做了區別，寫作“籽”。今天，北方人說的時候又有兒化現象，說“籽兒”。

這些意義都和“字”有關係。“字”從“宀”從“子”，本義是“生育孩子”。《易·屯》曰：“女子貞不字，十年乃字。”《山海經·中山經》記錄一種植物“其實如蘭，服之不字”，郭璞注曰：“字，生也。”可見“字”“孳”“牸”“子”“籽”等都是同源字。其中“孳”乃“孳乳”之“孳”。《尚書·堯典》

“鳥獸孳尾”。“牸”是母牛的專名。《王力古漢語字典》給出的例證是漢劉向《說苑·政理》：“臣故畜牸牛，生子而大。”（參《字典》，頁684）

豳風

七 月

七月流火，九月授衣。

毛傳曰："火，大火也。流，下也。九月霜始降，婦功成，可以授冬衣矣。"

鄭箋說："大火者，寒暑之候也。火星中而寒暑退，故將言寒，先著火所在。"

今按：毛鄭說解，已昭昭若明。時人誤會實屬不學之陋。又，陳奐（《傳疏》，頁439）解"流火"為"火下也"，本質是踵武毛傳之解。而解釋方式卻是將"流火"理解成"火流"的倒置。這樣的語法，就不會令人誤會了。

無衣無褐，何以卒歲。

今按：這裏的"卒"有"終結""完成"的意思。"卒"有孳乳字"醉"，亦見《詩》。《說文》曰："醉，酒卒也。各卒其度量，不至於亂也。"其中的"卒"既表音又表義。可見，在《詩》時代，"醉"並不表示今天的醉酒之義，另有一字“酲”即表酒醉之義，如“憂心如酲，誰秉國成”，毛傳曰：“病酒曰酲。”一個“病”字，可以反映出“醉—酲”程度之區別。

女執懿筐。

毛傳曰：“懿筐，深筐也。”

朱熹《集傳》說：“懿，深美也。”

今按：“懿”訓為“深”，是漢之常訓。如《釋名》云：“懿，僾也，言奧僾也。”“奧僾”也有“深”之義。今語有“深奧”一詞。“愛—薆—僾”是同源詞，與“奧”（本義是房屋的西南角）的引申義“隱晦不顯”“深玄莫測”相似。這三個詞都有“深”“神秘”等引申義。“愛而不見”已見《靜女》。《楚辭·九思》“懿風后兮瑞圖”，王逸注云：“懿，深也。”

遵彼微行。

毛傳曰：“墻下徑也。”

朱熹《集傳》說：“微行，小逕也。”

今按：根據毛、朱兩家古訓、聯繫上下文可知：女子拿著大筐，沿著墻邊小路去采摘新出芽的桑葉。與“微行”相對待的是“周行”（詞見《卷耳》）。“周行”就是“大道”的意思了。《史記·秦始皇本紀》錄有“始皇為微行咸陽”，《集解》曰：“若微賤之所為，故曰微行。”今按：《史記集解》所云或可商。“微行”當是為遮人耳目從小道隱秘出行，不是“微賤”行為。這個用法更早的用例見諸《左傳·襄公十九年》“崔杼微逆光”。後來方苞《左忠毅公逸事》即說“一日，風雪嚴寒，從數騎出，微行入古寺”。其中“微行”據上下文有“數騎”跟從，又有“解貂覆身”等描述，可見并不是“微賤”的行為，毛傳朱子之訓所云，極是。又按，從“行”之字都和道路有關。如“術”（邑中道）、“街”（四通道）、“衝”（通道）等等。“行走”是“行”字的引申義，後來成為最常用義了。不得不說，這不是它的本義。同樣“微”有“隱藏”“深奧”“昏暗不明”等義也是其引申義。比如《小雅·十月之交》“彼月而微，此日而微”，鄭箋說：“微，謂不明也。”這就是說“微”的引申義為“晦暗不明”。

別記：《三國志》載袁術字公路，這是“術”從“行”義的一個顯證。又《說文》有：“儒，柔也，術士之謂也。”劉師培據“術，邑中道”的古誼認為，儒是在都邑學習的士人，不同於在鄉學的人。今按：《說文》錄“儒，柔也”是聲訓，也表義。即說儒者涵泳古典帶來情志轉移后的氣質：溫柔敦厚。《漢志》云“游藝於六藝之中”，是也。

猗彼女桑。

毛傳曰：“女桑，荑桑。”

鄭箋曰：“女桑，少枝長條，不枝落者，束而采之。”

魯詩說：“女桑，桋桑。”

孔疏曰：“女是人之弱者，故知女桑，柔桑。”《釋名·釋宮室》曰：“城上垣曰睥睨，亦曰女墻。言其卑小，比之於城，若女子之於丈夫也。”

今按：“草之初生曰荑，木之初生曰桋。”可見魯毛詩只是用字之別，義則一。孔疏訓為“柔桑”，也與魯毛詩無別，說詩有近有遠也。孔疏“女”訓為“柔”，而“柔”就是“柔弱”之義，所以朱熹《集傳》注釋說：“女桑，小桑也。”《釋名》所錄“女墻”亦是此理。又如漢語中的“冰”有“高潔”的意思，如“一片冰心在玉壺”。它反映事物的非本質屬性，蔣紹愚說這是詞義的“隱含意義”。這種意義又和民族以及時代文化有關係。詳參蔣氏《古漢語詞匯綱要》（商務印書館 2005 年版，頁 35）。

東山

制彼裳衣，勿士行枚。

毛傳曰："枚，微也。"

陸宗達説："行枚"即軍隊，"行"是"行列"義。"微"即"徽"的借字，指軍旗。《周禮·司常》孫詒讓疏説：徽即徽號識者。《小雅·六月》"織文鳥章"，鄭箋云："織，徽織也。"賈公彦疏引詩箋作"識"。"徽"字《説文·巾部》作"㣲"。"㣲""識"正字，"徽""織"借字，"識"俗又作"幟"。"職"訓"微"，即"徽"，其意由"旗"而來。"旗"這個意義後來專造"幟"字記録它，而《説文》無"幟"字，"識"即是它的古字。

蜎蜎者蠋，烝在桑野。

毛傳曰："蜎蜎，蠋貌。蠋，桑蟲。烝，寘也。"

鄭箋説："蠋，蜎蜎然特行，久處桑野。"又説"古者，聲寘、填、塵同也。"

朱熹說："烝，發語聲。"

今按：關於經文用字"烝"鄭玄不出箋注，其說從毛氏，而朱熹說是語氣詞，毛傳所云"烝，寘也"也頗費解，所以有辨正的必要。考之《說文》說："烝，火氣上行也。"這裏與這個本義無關，毛傳之訓，應該是用"寘"這個本字來訓"烝"這個借字。《說文》又錄"寘，塞也"。這樣看來，毛鄭詩認為"烝"是個實詞，不同的是毛傳訓為"寘"，鄭箋以"久"釋之。所以他說："古者，聲寘、填、塵同也。"（詳后）又《說文》保留的徐鉉反切音是"待年切"即讀為"填"字。這是形容蠶蟲很多，填於桑樹之上。朱熹之說，後世也有征信者，比如認為"烝"是"曾"的借字，"曾，乃也"。這就是說"乃在桑野"，亦通。書證繁富今不一一。可參清儒馬瑞辰《通釋》、今人雒江生《詩經通詁》等。又按：鄭箋說："古者，聲寘、填、塵同也。"其中"填、塵同"在《詩經》中也有書證資料。《大雅·瞻印》有"孔填不寧，降此大厲"，毛傳說："填，久。"鄭玄說："甚久矣，天下不安。"可見，毛鄭均訓"填"為"久"。孔穎達《正義》解釋引《釋詁》云："塵，久也。"孔氏並指出"古填與塵同，故以為久”。《大雅·桑柔》有“一殄心憂，倉兄填兮”，毛傳說：“填，久也。”陳奐《傳疏》同樣引用《爾雅》：“塵，久也。”并指出“古填與塵通”。可見，這兩處經文用字“填”都是“塵”的借字。郭璞注說：“塵垢稽久也。”其實，“塵”是“陳”的借音字，“塵垢”之“塵”并無“久”之義，郭璞注或可商。《大雅·甫田》有“我取其陳”，毛傳說：“尊者食新，農夫食陳。”這就是“陳”有“久”之義的例證。《史記》有“陳陳相因”，是也。今語有“陳穀子”“陳年舊事”“陳醋”等更是明證。

破斧

周公東征，四國是皇。

毛傳曰：“四國，管、蔡、商、奄也。皇，匡也。”

鄭箋說：“周公既反攝政，東征伐此四國，誅其君罪，正其民人而已。”

今按：“皇，匡也。”鄭玄解為“匡正”之“正”，這樣“四國是皇”即匡正了四國之亂。可見“皇”是“匡”之借字，有匡正之義。毛鄭無異義。又“四國是皇”這個賓語前置的語序，在《小雅·鹿鳴》中作“正是四國”。本詩二章為“四國是吪”，三章是“四國是道”，句式統一。今人高亨《今注》說：“皇”是“惶”的假借字，那就是訓為“惶恐”之“惶”了。最早持此說的是清儒戴震，其說見諸《考正》，今不采錄。（載修訂本《戴震全書》第一冊，頁613）“皇”假借為“惶”是沒有問題的，考察本詩語境，這個釋解不可從。又《爾雅·釋言》載“皇，正也”，郭注正是引此詩為據。台灣學者季旭昇《新證》說：從古文字立場看，“皇”的本義正是征伐、匡正，後來假借為輝煌、盛大、帝王等。略錄其說，聊備一家之言。

狼跋

公孫碩膚

毛傳曰："碩，大。膚，美也。公孫，成王也。豳公之孫也。"

鄭箋說："公，周公。孫，讀當如公孫于齊之孫。孫之言遜遁也。周公攝政七年致大平，復成王之位，遜遁辟此，成公之大美。"

朱熹《集傳》說："孫，讓。"

今按：毛鄭異讀。毛讀如字，鄭讀為"遜讓"之"遜"，朱子從之。今按："公孫于齊"見《春秋·昭公二十五年》，陸德明《音義》說："孫，音遜。"孫、遜同為心母文部字，古音同而可假借。《說文》說"遜，遁也"，鄭箋所云"遜遁辟此"就是逃離京都避居于此了。

德音不瑕。

毛傳曰："瑕，過也。"

鄭箋曰："不瑕，言不可疵瑕也。"

孔疏："瑕者，玉之病。玉之有瑕，猶人之有過，故以瑕為過。"

朱熹《集傳》曰："德音，猶令聞也。瑕，疵病也。"

今按：細味毛鄭，他們是講"瑕"字的引申之義，孔疏之解甚是。朱熹從之。胡承珙認為"瑕"是"遐"之借字。這個用法又出現在《泉水》《二子乘舟》中，且均作"不瑕有害"，毛傳並訓瑕為遠。並舉《詩經》內證"不警，警也"（《車攻》)、"不顯，顯也"（《文王》)，等等。說"不瑕"為"瑕"，其中"不"為發聲詞。又馬瑞辰認為"瑕""假"古通用。"假，已也。"《思齊》"烈假不瑕"，鄭箋"瑕，已也"，"德音不瑕"，"瑕"正讀為"假"，訓解為"已也"。正如《南山有台》有"德音不已"。清人胡、馬兩位給出新解，分歧在"不"的解釋上。今按：可見，幾家古注都通，這或許是歸納性解釋學的一個弊端。其實，根據文本語境我們可以得出一個新解釋。本詩上句言"公孫碩膚"，這裏的"不瑕"與"碩膚"相對待。所以，"德音不瑕"當為"德音丕遐"。說的就是：好的名望遠聞於人。又按

"丕"正有"大"之義，與"碩膚"之"碩"正相合。《尚書·大禹謨》錄"嘉乃丕績"，其中"丕"正是"大"之義。《詩·鹿鳴》有"德音孔昭"，其中孔與空、洞等字同源，有"大"（甚）之訓。也可以作為"德音不瑕"讀"丕遐"的旁證。

毛傳鄭箋補正

小雅

鹿鳴

“我有嘉賓，德音孔昭。視民不恌，君子是則是傚。”

毛傳曰：“恌，愉也。是則是傚，言可法傚也。”

鄭箋云：“嘉賓之語先王德教甚明，可以示天下之民，使之不愉於禮義。是乃君子所法傚，言其賢也。”

朱熹《集傳》曰：“視，與示同。恌，偷薄也。言嘉賓之德音甚明，足以示民使不偷薄。”

今按：不讀朱熹《集傳》，直接看“恌，愉也”還是不好理解。愉、偷皆從俞得聲義，可以互用，此處當讀為“偷”，是苟且、不莊重的意思。至於朱熹說“視，與示同”張衡《東京賦》正作“示民不偷”。《說文》錄“愉，薄也”正是朱熹所本，毛鄭詩也賴之義明。“恌”古書錄有異文：魯詩作“偷”，《左傳》《說文》引作“佻”，皆可證毛傳之是。孔疏引《左傳》服注亦說：“示民不愉薄。”今人有讀“愉”為“逾”者，即示民不逾禮制，此解頗迂遠，似不可從。

常棣

原隰裒矣，兄弟求矣。

毛傳曰："裒，聚也。求矣，言求兄弟也。"

今按：讀鄭箋、朱熹《集傳》，與毛傳無別。《爾雅·釋詁》有"斂、收、裒，聚也"正是此義。由"聚合""聚集"又引申出"眾多"義來，字錄諸《周頌·般》"敷天下，裒時之對，時周之命"，鄭箋說："裒，眾。對，配也。徧天之下，眾山川之神皆如是配而祀之，是周之所以受天命而王也。"

伐木

伐木許許

毛傳曰："許許，柹貌。"

朱熹《集傳》說："許許，眾人共力之聲。"

今按：上章有"伐木丁丁"毛傳曰："丁丁，伐木聲也。"蓋承前省略，"許許"也是伐木聲了。聯合毛朱兩家古注，今按：柹音費。字見《說文》曰："削木札朴也。"所以毛公所云"柹貌"即揮舞斧斤伐木之時，木屑紛飛的樣子。《說文》引《詩》作"伐木所所"說："所所，伐木聲。"段玉裁注說："丁丁，刀斧聲。所所，為鋸聲。"今按：據唐作藩上古音：所，生部魚母字。許，曉部魚母字。可見《說文》所錄異文，是因為"許""所"古音通用。書證又有陶淵明《五柳先生傳》"先生不知何許人也"，許威漢說："何許"即"何所"，"何許人"即"何所人"。又《搜神記》卷一更是"何許人""何所人"互用，如"介琰者，不知何許人也"，"谷城鄉平常生，不知何所人也”。（詳參許氏編著《訓詁學讀本》上海交通大學出版社 2010 年版，頁 6）從字形看，“所”從“斧斤”之“斤”，“所所，伐木聲”自有造字之理據。

天保

羣黎百姓，徧為爾德。

毛傳曰：“百姓，百官族姓也。”

鄭箋說：“黎，眾也。羣眾百姓徧為女之德。”

今按：據研究，“百姓”在春秋早期文獻中又說“百官”。大約到了戰國，已演變為“平民”之義了，並由一個詞組變成了一個詞。至魏晉，注釋家因為去古已遠，不僅要注出“百姓”的語義，而且要注出所以然了。可見當時社會有了解“百姓”古義的需求了，文化演變造成的時代隔閡可見一斑。比如《國語·周語中》“百姓兆民”，韋昭注說：“百姓，百官也。官有世功，受氏姓也。”（本條可參許威漢編《訓詁學讀本》載洪成玉之說，頁81）此條“羣黎”與“百姓”對舉也有此義。

菁菁者莪

汎汎楊舟，載沉載浮。既見君子，我心則休。

鄭箋曰："休，休休然。"

今按："休"之訓詁，毛傳不見，鄭箋之說又頗玄遠。檢之《經籍籑詁》，"休"有兩義，與此文相近。《爾雅·釋詁》曰"休，美也。"書證有"亦孔之休"（《詩·破斧》），《廣雅·釋詁》《國語》韋昭注並云"休，喜也"（書證有《國語·周語》"為晉休戚"）。本詩二章是"既見君子，我心則喜"，可見此處"我心則休"之"休"就是"喜"義。王引之有考證，可參《經義述聞》卷六"我心則休"條，今人張永言說"喜""休"聲母為曉紐，韻部為"之""幽"對轉，音義相通，可能同源。今存其說。

六月

有嚴有翼。

毛傳曰："翼，敬也。"

今按：毛傳之訓又見諸《爾雅·釋詁》。從金文字跡看，翼與異有關係。"異"之所以是"異"在於它描述了參加儀式的人員"不同於"日常形態下的舉動，字形顯示"異"象一個兩腳向外的舞蹈之形。可見，使用手足是日常行為等，而在非常態（公共儀式場合）的行為就是"舞蹈"了。"翼"是在"異"之上加了"羽毛"，其實一也。可見"翼"也是對神職人員儀式情形的記錄。由於是在莊重的儀式場合上面對神靈（祖先），神職人員都會保持"敬畏"之容，所以"翼"有"敬畏"之義。可見，毛傳之訓透露早期藝術起源於儀式。同樣，日常的說話是說話，在儀式場合的說話就需要加上修飾（音調變化等），就成了"詩""誦""賦"等。

比物四驪。

毛傳："物，毛物也。"

今按：王先謙《集疏》從孔疏，書證用《周禮·校人》所載"毛馬""毛物"及鄭玄注："毛馬，齊其色。物馬，齊其力。"進而以為"比物"者，比同力之物。（《集疏》，頁 609）同樣在《周禮·保章氏》錄有："以五雲之物辨吉凶、水旱降、豐荒之祲象。"鄭注云："物，色也。"這樣看毛公所云"毛物"，說的是毛色。那麼"比物四驪"可以理解為：按照馬的毛色選擇出四匹深黑色的馬。今并錄兩說，供大雅君子參考。

斯干

似續妣祖

毛傳曰："似，嗣也。"

鄭箋曰："似讀如巳午之巳。巳續妣祖者，謂巳成其宮廟也。"

今按：鄭玄讀"似"為"巳午"之"巳"，又釋"巳續"為"巳成"，就是說"祖廟已成"。可見古代讀"巳午"之"巳"可讀為"已經"之已。如《說文》《釋名》都作"巳，已也"。《釋名》進一步說："陽氣畢布已也。"可見鄭玄之說，於古有徵。毛傳訓為"嗣"，是把"似續"理解成"後人承續"（繼承）之義了。鄭箋這裏是不同意毛公而另外釋讀。毛傳之說"似"字值得細究。《廣雅・釋言》說："子、已，似也。"今按訓"子"為"似"即說：後代（子）要似其先人。這個意思古人也用"肖"字。《說文》即有："肖，骨肉相似也。不似其先，故曰不肖也。"今語有"不肖子孫"。又按：根據文本語境，“似續妣祖，築室百堵”，鄭玄之說更為合理。即說“祖廟已成，後築成寢室。”經文“妣祖”不作“祖妣”者，朱熹解釋說是為了“協下韻爾”（《詩集傳》，頁 195），其說是。

正月

念我獨兮，憂心京京。

毛傳曰："京京，憂不去也。"

朱熹《集傳》說："京京，亦大也。"

今按：上章是"民之訛言，亦孔之將"，毛傳說："將，大也。"朱子是承續上章訓解"京京"，所以用了"亦"字。《爾雅》錄一組疊音詞"殷殷""忉忉""忡忡""欽欽""惙惙""弈弈""怲怲""京京"等，均釋為"憂也"。這些詞在《詩經》中常與"憂心"連用，比如"憂心殷殷"（出《邶風·北門》）、"憂心忡忡""憂心惙惙"（出《召南·草蟲》）、"憂心忉忉"（出《齊風·甫田》），等等。今按："京"《說文》解釋為："人所為絕高丘也。"朱駿聲《通訓定聲》說："對文則人力所作者為京，地體自然者謂邱。散文則亦通稱也。"《小雅·甫田》"曾孫之庾，如坻如京"毛傳說："京，高丘也。"又引申為"高大"。比如《爾雅·釋詁上》"京，大也”，《方言》卷一，同。方形的大穀倉也稱“京”，《廣雅·釋宮》“京，倉也”，用例見諸《急就篇》《管子》《史記》等書。《詩經》又錄“景福”等詞，其中“景”鄭箋亦訓為“大”。（出《小雅·楚茨》，載孔氏點校本《毛詩傳箋》，頁 307）今語鯨魚，古作“京魚”，即含“大”之古義。又按：毛傳“京京”訓為“憂不去”即“憂慮不止”，就是大憂愁了。與朱熹所云，詞有異而義實同。

昏姻孔云

毛傳曰：“云，旋也。”

今按：《說文》曰：“雲，山川气也。从雨，云象雲回轉形。云，古文省雨。”可見，“雲”之寫法乃“云”加了義符而形成的後起字形。云之所得名即取象於回轉之狀，故又孳乳出“囩”（回也）、“沄”（轉流也）等字來。毛傳詁訓正是揭其微妙。後來“雲”專指“雲雨”之“雲”，而“云”用作表說話義之“云”，如子曰詩云。

小旻

謀臧不從，不臧覆用。

鄭箋說："臧，善也。謀之善者不從，其不善者反用之。"

今按："臧"訓為"善"，朱熹《詩集傳》從之。多見毛鄭詩。如《齊風·還》"揖我謂我臧兮"，毛傳說："臧，善也。"《魯頌·駉》"思無疆，思馬斯臧"，鄭箋說："臧，善也。"考之《說文》，"臧，善也。从臣，戕聲"。甲骨文今文字形從臣從戈，以戈刺臣（目）而俘獲之。可見"臧"乃是臧獲的本字（《說文》之訓或可商，參本書《甫田》條）。楊樹達有"釋臧"文可資參考。《漢書·司馬遷傳》有"臧獲婢妾"字，顏師古注引晉灼說："臧獲，敗敵所被虜獲為奴隸者。"戰俘為奴，不得不屈服而表現出順從不傲嬌，所以可以引申出"善"之義來。今人說：表示收藏、隱藏義的"藏"是"臧"的通假字。比如《鄭風·野有蔓草》："邂逅相遇，與子偕臧。"朱熹說：

“臧，美也，言各得其所欲也。”聞一多《類鈔》則說“臧”，讀為“藏”。高亨《今注》說：“臧，通藏，隱藏。”是一家之言，今存錄於斯，以待來者。

小宛

題彼脊令，載飛載鳴。

毛傳曰："題，視也。脊令不能自舍，君子有取節爾。"

鄭箋云："題之為言視睇也。"

今按："脊令"是鳥名，這是個記音詞。見於《漢書・東方朔傳》顏師古注云："小青雀也，飛則鳴，行則搖，言其勤苦也。"（載中華書局點校本《漢書》，頁2866）另外，據鄭箋可知"題"是借字，其本字作"睇"，毛傳徑訓為"視"即是這個道理。毛傳破通假，是直接用本字的意義訓釋借字，鄭箋是給出本字，這是毛鄭訓詁體例的一個大不同。聯繫上下文，本句詩的大意是：君子看到勤苦的脊令鳥產生了力勉為事的想法。鄭箋"之為言"是訓詁術語。它和"之言"用法相同。比如《周禮・天官》"膳夫"鄭玄注說："膳之言善也。"《爾雅・釋詁》載"鬼之言歸"。可見，從這種聲訓之法中可以看到語詞之間的音義關係。

小弁

鳴蜩嘒嘒。

毛傳曰："蜩，蟬也。"朱熹從之。

今按：蔣禮鴻說："孔"緩讀為"窟窿"，"蜩"緩讀為"蝭蟧、知了。"蔣氏之說，極是。《莊子·逍遙游》"蟪蛄不知春秋"，司馬彪注："蟪蛄，寒蟬也。一名蝭蟧。"

伐木掎矣，析薪扡矣。

毛傳曰："伐木者掎其巔，析薪者隨其理。"

鄭箋說："掎其巔者，不欲妄踣之。扡，謂觀其理者，不欲妄挫折之。"

朱熹說："掎，倚也。以物倚其巔也。扡，隨其理也。"

今按：毛鄭詩說的"掎其巔"不太容易理解。朱熹是音訓"掎，倚也"，說明"掎""倚"一個是見母、一個是影母字，聲音同源。"倚"有偏頗之義，比如“中立而不倚”（見《中庸》）。這樣，通過朱熹，我們也就讀懂了毛鄭。“巔”是借字，本字是“顛”。伐木的時候，用繩子拴住樹木的樹梢（顛），讓樹偏（倚）到預定的方位，防止砍樹的時候（妄踣）造成預想不到的危害。今又按：從同源詞的角度看，以“奇”為聲的字大多有“偏側”義（說見《說文》段注“齮”字注）。所以《說文》說：“掎，偏引也。”所謂“偏引”就是把樹顛用繩子拽到一邊，防止伐木時候樹木一下子向前撲倒，帶來危險。毛鄭用“巔”代“顛”字。從“奇”字，還可以舉幾例，比如《荀子》有“虛則欹，中則正，滿則覆”，這裏的“欹”就是“傾側到一邊”的意思。《說文》有“齮”，段玉裁說：“凡從奇之字多訓偏。如掎訓偏引、齮訓側齧。”最為常見字“椅”，就是一種有靠背的坐具，坐下後人的身子是朝後面傾斜的。

巧言

無拳無勇。

毛傳曰:“拳,力也。”鄭箋同。

今按:“拳,音權。”《毛詩音》曰:“拳,音捲。”孔穎達疏曰:“既無拳力,又無勁勇。”(《十三經注疏》,頁454)《國語·齊語》載“有拳勇股肱之力秀出於眾者”,韋昭注曰:“大勇為拳。”(《宋本國語》,國圖影印本,第二冊頁14)《說文》有“捲”“權”字,其中“捲”,許慎說“氣勢也”,並引《國語》作“捲勇”。王先謙說:拳,古書字或作“捲”“攉”。(《集疏》,頁709)。可見:拳、卷、捲都有踡縮而有力的含義,“拳”即是卷縮成團而得名。近讀陸宗達,他也討論到了這幾個字,並說:“權”是一種長黃花的木頭,後來用作“權力”“權貴”等。“權”和“捲力”之“捲”都是六書中的假借。陸氏又說《詩經》中的“鬈”當為“權”,本有“捲”字,故是通借,不是假借(參陸氏《文字學講義》北京師範大學出版社2013年版,頁26)。

巷伯

緝緝翩翩，謀欲譖人。

毛傳曰："緝緝，口舌聲。翩翩，往來貌。"

朱熹《集傳》說："緝緝，口舌貌。或曰：緝，緝人之罪。或曰：有條理貌。皆通。"

今按：《玉篇・糸部》錄韓詩曰"緝緝繽繽"，並解釋說"繽繽，往來貌也"。韓毛一致。"緝"或是"咠"字的假借字。《說文》說："咠，聶語也。"又"聶，附耳私小語也。"可見"緝緝"是幾個人湊在一起竊竊私語的樣子。毛傳說是。又按清人馬瑞辰說"翩翩"是"諞諞"的假借字。《說文》"諞，便巧言也"，並說："緝緝者，是說言之密。翩翩者，是說言之巧。"其說可從。（詳參馬氏《通釋》中華書局清人十三經本，頁 662）朱子所訓亦通，然終不若毛鄭切近。朱氏所引"或曰"是訓"緝拿"之緝。二引"或曰"是解"編輯"之"輯"，輯、緝都是"咠"的分化字，故可通用。

蓼莪

哀哀父母，生我劬勞。

鄭箋說：“哀哀，恨不得終養父母，報其生長己之苦。”

朱熹《集傳》說：“言父母生我之劬勞，而重自哀傷也。”

今按：《毛詩序》說“民人勞苦，孝子不得終養爾”，鄭箋云：“不得終養者，二親病亡之時，時在役所，不得見也。”這樣來看，鄭玄朱熹兩家對“哀哀父母”的訓解側重點還是不同的。其中朱熹是自己服役在外，不得終養雙親，所以自己憂傷不已（心痛不止）。鄭玄則是說：父母生養自己一生辛苦卻不得終養，“哀哀父母”則表述的是：“自己要報答父母之恩，已不得其時。”故用“恨”字。《爾雅》所錄“哀哀，懷報德也”，正是此義。

大東

或以其酒，不以其漿。

毛傳曰："或醉于酒，或不得漿。"

今按："漿"為何物，古注未說。《說文》本作"將，酢漿也。一曰水米汁相將也"，《周禮·酒正》"辨四飲之物，三曰漿"，王力《漢語詞彙史》（頁16）說："酢，就是醋。"王氏並說上古時代沒有茶，古人飲漿就等於今人喝茶。今按：根據王力的解釋，我們可以推知"漿"是一種帶有酸味的飲料。這個語義的例證還有《莊子·逍遙游》"魏王貽我大瓠之種，我樹之成而實五石。以盛水漿，其堅不能自舉也"，《孟子·梁惠王下》"簞食壺漿以迎王師"，等等。

四月

秋日淒淒，百卉具腓。

毛傳曰："腓，病也。"

今按：檢之《爾雅·釋詁下》錄"痱，病也"，知毛詩經文用"腓"是借字，本字是"痱"。毛傳直接給出本字"痱"的釋義，這是毛傳的一個通例。"腓"字載《說文·肉部》，曰："脛腨也。"可見，其本義是脛後的肌肉，俗語稱呼的"腿肚子"即是它。《韓非子》有書證"腓大於股，難以趣走"。它的引申義就有"庇護"等義，用例如《大雅·生民》"牛羊腓字之"。（毛傳曰："腓，辟。"載孔祥軍點校本《毛詩傳箋》中華書局2018年版，頁382。今按毛公訓"腓"為"辟"是破通假，即避也。避開不傷害也。"字"，是哺乳、喂養的意思）由於"腓"經常作為借字，所以它也就有了這一個假借義項"病"。今人所編《漢語大字典》《古漢語常用字字典》等皆列此義項。

亂離瘼矣，爰其適歸。

毛傳說：“瘼，病。”

今按：《爾雅·釋詁下》錄“瘵、瘼，病也”，郭注說：“今江東呼病為瘵，東齊曰瘼。”可見“瘵”“瘼”是方言詞，“病”是雅言即民族標準語。其中“瘵”音讀與春秋鄭國的“祭仲”之“祭”同。字亦見《詩經》“無自瘵焉”，鄭箋說：“瘵，接也。”鄭玄是把“瘵”同“際”繫聯起來了。《周易》有“天際翔也”，陸德明《釋文》引鄭注說：“際當為瘵。瘵，病也。”韓詩“瘼”作“莫”並說：“莫，散也。”（《韓詩薛君》所用異文是“莫”，見《文選》卷三十、三十八李善注）聯繫《爾雅》、鄭箋、薛君之訓，我們知道“瘵”“瘼”都有“接”（接觸）“散”（擴散）之義，即今語所云是種通過接觸而容易擴散（流行）之病。今人注釋多不可從。

北山

大夫不均，我從事獨賢。

毛傳曰："賢，勞也。"

今按：王引之《述聞》卷六"賢亦勞也，賢勞，猶言劬勞"，《詩》又有"序賓以賢"鄭箋說："序賓以賢，謂以射中多少為次第。"朱熹《集傳》說："賢，射多中也。"（出《大雅·行葦》）馬瑞辰《通釋》說："賢之本義為多。"並引《小爾雅》"賢，多也"。《說文》"賢，多才"，又說"事多者必勞，故賢為多"。馬氏舉書證《周官·司勳》"事功曰勞，戰功曰多"。可見，馬說申明毛傳，甚是。程俊英《注析》說："賢，本義是多財，引申為多。""多財"即《說文》之"多才"。（《注析》，頁643）程氏說"引申為多"，似乎不確。王力說"事多而勞叫做賢"。引《廣雅·釋詁一》"賢，勞也"，其據書證亦有此條《詩》，又《孟子·萬章上》"此莫非王事，我獨賢勞也"（王氏著《漢語詞彙史》，頁13）。可見，綜合以上諸家看法“劬勞”“賢勞”即“多勞”，可見馬氏說“賢之本義為多”，是。本詩所云“我從事獨賢”猶云“我從事獨多”。向熹教授《詩經詞典》（修訂本）於“賢”字條，義項設置不尊古訓，疑有誤。（向氏編著《詩經詞典》商務印書館 2014 年版，頁 563）

無將大車

無將大車，維塵雍兮。無思百憂，祇自重兮。

鄭箋曰："雍，猶蔽也。重，猶累也。"

今按：陸德明《釋文》云："雍，字亦作壅，蔽也。"（抱經堂本《釋文》台灣影印本，頁 85）這樣看，鄭玄是破通假，即認為"雍"是"壅"的借字。"壅"之訓"蔽"又見《戰國策·齊策》"宣王因以晏首壅塞之"高誘注。《荀子·致仕》"隱忌雍蔽之人"楊注"雍讀曰擁"。這都和鄭玄這裏的箋注相同。"壅""雍"互借，又見《左傳·宣公十二年》"川壅而潰"，《釋文》云："壅，本又作雍，注皆同。"（經注本《十三經》，頁 1021）近讀孔祥軍博士點校本《毛詩傳箋》知"雍"相台本毛詩作"雝"（參孔氏點校本《毛詩》，頁 303），是假借字也。今補錄於此，以備博雅。

小明

豈不懷歸，畏此罪罟。

毛傳：“罟，綱也。”

鄭箋云：“懷，思也。我誠思歸，畏此刑罪羅綱我，故不敢歸耳。”

朱熹《集傳》說：“且自言畏罪而不敢歸也。”

今按：這裏的“罪”有訓詁的必要。《說文》說：“罟，网也。”經文“罪”與“罟”並舉，同屬“网”部字，其本義是“捕魚網”。“犯罪”“罪過”諸義皆非本義。在上古即有“罪”字，《說文》曰：“捕魚竹綱。”而有表示罪過、作惡等意義的“罪”，《說文》亦有著錄，寫作“辠”。兩字判若有別。即今字“罪”，上古作“辠”，從“自”從“辛”。“辠人戚鼻苦辛之憂”是也。秦始皇以“辠”“皇”相像，改“辠”為“罪”（見《說文》）。經字罪、罟並舉義同。鄭箋朱注“畏罪”之說，有“以今釋古”之嫌。所以“畏此罪罟”，就是害怕“網綱”（難逃法網）所以不敢歸來。這個用法又見《大雅·召旻》，有“天降罪罟”。“罪罟”並舉正見“罪”之本義。而上古經傳多出秦后，造成今本“辠”“罪”不分。比如《尚書》“罪人以族，官人以世”，《荀子》“無功不賞無罪不罰”等，字都不作“辠”。又按：“辠”從“自”。自，本“鼻”之初文。本是象形字，后加“畀”這個聲符而成為形聲字。古有剛出生的孩子稱為“鼻子”的用法。“鼻”有開始之義，今語“鼻祖”亦是其證。“自己”“自從”等義，也來源於是。

楚茨

我孔熯矣，式禮莫愆。

毛傳曰："熯，敬也。"

鄭箋曰："孝孫甚敬矣，於禮法無過者。"

今按：關於"熯"之訓，鄭玄沒有異議。此說又見諸《爾雅·釋詁》。"熯"載於《說文》曰："乾貌"。這樣看"熯"即日部之"暵"字。《楚茨》經文是用假借字，段玉裁《說文注》已揭其秘，段氏云："熯本不訓敬而傳云爾者，謂熯卽戁之叚借字也。《心部》曰：戁、敬也。《長發》傳曰：戁，恐也。是其義也。"段氏之說可從。

甫田

乃求千斯倉，乃求萬斯箱。

鄭箋："求千倉以處之，萬車以載之。"

朱熹《集傳》云："箱，車箱也。收成之後，禾稼既多，則求倉以處之，求車以載之。"

今按：鄭朱兩家訓"箱"字之義已明，其中"倉"字尚有可說之義。"倉"錄諸《說文》，曰："穀藏也。"段注云："藏，當作臧。"段氏認為"藏"是俗字，本字作"臧"，即所謂"穀臧者，謂穀所臧之處也"。可見，"倉"是"糧倉"，這裏特指穀倉。這個用法又見諸《大雅·公劉》："迺積迺倉，迺裹餱糧。"今語有"倉促"之"倉"，其語源也與早年穀物生産有關。段玉裁即主此說，他在《說文注》中說"刈穫貴速也，故謂之倉"，誠是也。今又按：今查驗古文字形可知：藏这个字经过了加声符"爿"（讀牀），又加义符"艸"（埋藏於草叢）的繁化过程，最后才是现在的字形。甲骨文今文字形從臣從戈，以戈刺臣（目）而俘獲之。可見“臧”乃是臧獲的本字。楊樹達有“釋臧”文可資參考。《漢書·司馬遷傳》有“臧獲婢妾”，顏師古注引晉灼說：“臧獲，敗敵所被虜獲為奴隸者。”戰俘為奴，不得不屈服而表現出順從不傲嬌，所以可以引申出“善”之義來。比如《詩》云“不忮不求，何用不臧”，毛傳曰：“臧，善也。”即是其例。

大田

大田多稼，既種既戒。

鄭箋說："大田，謂地肥美可墾耕。"

今按：這裏鄭箋的語境之義，可以作為許慎"羊大為美"說的支持。"大"和"美"的關係，成為早期文化史上的大事件。比如儒家思想中的關鍵詞就有：泰山（一作太山）、太廟、大樂、大人等等。或可寫專文討論這個問題。

以我覃耜，俶載南畝，播厥百穀。

毛傳曰："覃，利也。"

鄭箋說："俶，始也。載，事也。"

今按：郭璞注引《詩》云"以我剡耜"，可見這裏的"覃"是"剡"的假借字，且需破讀為"yǎn"。《爾雅·釋詁》"剡，利也"，即鋒利的意思（"利"字見《說文》，鋒利是其本義）而"葛之覃兮"（見《葛覃》）、"實覃實吁"（見《生民》），則是"延"的假借字，有“長、延長”等義。又按：“旄丘之葛兮，何誕之節兮”，毛傳云：“誕，闊也。”（孔氏點校本《毛詩》，頁 54）清人馬瑞辰讀“誕”為“延”（《通釋》，頁 141），今人程俊英以為“同覃”（《注析》，頁 100），並通。又按：“俶，始也。”見《爾雅·釋詁上》，同篇並錄“初”“哉”“首”“基”“祖”“元”“胎”“落”“權輿”等。這組詞都是表示開始，《爾雅》真是上古思想史研究的寶庫。“初”是“一刀裁剪下去，做衣服的工作開始了”，這是裁縫建立的抽象概念。同理，從“其”（即箕）的“基”是建築工人建立的觀念，所以《說文》說：“基，墻始也。”“首”就是“人生之始”，郝懿行疏說：“人生之始，首、鼻居先也。”《方言》也有“人之初生謂之首”，今語有“鼻祖”一詞即這個觀察的千古遺存。不同於人類出生“頭”先出來，四腳獸先生出來的是“足”，所以“千里之行始於足下”是有古遠知識支撐的一句格言。“祖”是人的始祖。《說文》即說“祖，始廟也”。“落”今語有“落成”之“落”，建築物落地，人的居住生活開始，所以“落”有“始”之義。又《說文》記錄說：“艸曰零，木曰落。”同“落成”之落一樣，這裏的草木“敗落”之落也是同理可得的含義。這一周期的草木枯死了，下一個循環正從這刻開始。“權輿”亦見於《詩經》，其本義是“草木始萌”，《大戴禮記》有“百草權輿”即是此義。這裏的“俶”是做事情的開始。鄭玄即主此說。

彼有遺秉，此有滯穗。

毛傳曰：“秉，把也。”

今按：“遺秉”對“滯穗”，可見“秉”的語境義也就和“禾穗”相聯繫了。從《說文》小篆寫法看，字从禾从手（又），可知其妙。劉師培說：草昧之初，先民辨物以手為資。如“撮”（十圭為撮）“抄”（十撮為抄），所謂“近取諸身”是也。因以手持物，如“持”“操”“握”“援”等，又有以手量物，比如“揣”《說文》曰：“量也。從手，端聲。度高為揣。”毛傳訓“秉”為“把”，乃禾以把計，不以斗斛。“秉”从“手”（又）从“禾”。以上參考了劉氏《小學發微補》。禾，一把叫“秉”，四秉叫“筥”又作“穧”，字均見本詩。“秉”字這種用法又見《秦风・溱洧》：“士與女，方秉蕑兮。”《詩》經文也出現了表示“掌管、主持”等抽象意義的“秉”

字用法。比如《小雅·節南山》“秉國之均”，又“誰秉國成”。附記：一把曰“秉”，兩把曰“兼”。“兼”《說文》小篆字从秝从手。

賓之初筵

百禮既至，有壬有林。

毛傳云："壬，大也。林，君也。"

鄭箋："壬，任也，謂卿大夫也。諸侯所獻之禮既陳於庭，有卿大夫、又有國君。言天下徧至，得萬國之歡心。"

朱熹《集傳》說："壬，大；林，盛。言禮之盛大也。"

今按：三家意見不合，有考正之必要。細緻品讀其中內容，可以見出朱熹實從毛傳之說。毛傳說："壬，大也。""壬"確實有"大"之義。比如"妊娠"之"妊"，人懷孕則肚子大。毛傳說："林，君也。"此訓又見諸《爾雅·釋詁》，其文曰："林、烝、天、帝、皇、王、后，等等，君也。"細緻辨析，其中"天""帝""王""后"之訓為"君"是"君主"之君。而"林、烝，君也"所云之"君"即"羣"。"林"是指樹木眾多的地方，可以引申出盛多、群聚等義來，故朱熹有“林，盛”之訓。這個意義上“林，君也”，這裏的“君”即“群”之借字。“烝，君也”之中的“君”也是“群”的假借義。見《大雅·生民》“天生烝民，有物有則”，這個“烝”就是“眾”。“烝，君也”就是說“烝，群也。”“烝民”即“眾多的人民（群眾）”。這裏的“有壬有林”即是朱熹說的“言禮之盛大”。鄭箋之說讀如字，不可從。清人戴震《毛鄭詩考正》即采信毛傳說，並進一步解釋說：“傳本《爾雅》，然《詩》中如有蕡、有鶯之類，並形容之詞。此以形容百禮既至，禮無不備，而行之既盡其善，壬壬然盛大，林林然多而不亂。”東原先生以“壬壬然盛大”訓“壬”，以“林林然多而不亂”訓“林”，極是。（參黃山書社本《戴震全書》第1冊，頁639）

漸漸之石

山川悠遠，維其勞矣。

鄭箋說："山石漸漸然高峻，不可登而上，喻戎狄衆強而無禮義，不可得而伐也。山川者，荊舒之國所處也，其道里長遠，邦域又勞勞廣闊，言不可卒服。"

今按：《毛詩正義》曰"鄭以勞為遼，遼言廣闊之意"，是。清人段玉裁也指出了這個假借關係。這種寫法與《楚辭》"山修遠而遼遼兮"同。

漸漸之石，維其卒矣。山川悠遠，曷其沒矣。

毛傳說："沒，盡也。"

朱熹《集傳》說："言所登歷，何時而可盡也。"

今按：《說文》曰："沒，湛也。"段玉裁校勘云："湛，各本作沈。"並注解說："沒者，全入于水，故引伸之義訓盡。"（《說文解字注》，頁557）可見，"沒"本義是"淹沒"之"沒"，本詩用其引申義。再引申就是生命終結：死亡。《論語》有“父沒，觀其行”，據朱熹，這句詩是說：山川漫漫，我們的兵役之事何時才能熬到頭呢。

何草不黃

有芃者狐，率彼幽草；有棧之車，行彼周道。

毛傳曰："芃，小獸貌。"

今按："有芃者狐"，此句式是《詩》的通例，其中"有"為詞頭（從劉又辛說），書證又有"有杕之杜"（《杕杜》）、"有菀者柳"（《菀柳》）等等。另有一種形式，比如"有偏斯石"（《白華》）、"有倬其道"（《韓奕》）、"有頒其首"（《魚藻》）等等，其中"有"是形容詞詞頭。"有芃者狐"，狐這只動物可以用"芃"來形容。"有頒其首"，就是"其首頒"，其他皆是此類。又《隰桑》"其葉有幽"毛傳曰："幽，黑色也。"這裏的"有"，也是形容詞詞頭。

值得一說的是"有棧之車"毛傳說："棧車，役車也。"從對文的角度看，今本毛傳之訓恐有誤。清儒馬瑞辰說"棧讀為棧，車高貌"也是在懷疑今本毛傳之未安。蓋後人不審毛傳體例，刪改傳文所造之誤。所以，根據前半句"芃，小獸貌"，本句是不是本作“棧，役車貌”，無從查證，聊備一說。

又按：關於“幽”字，又見《伐木》“出自幽谷”毛傳曰：“幽，深也。”《斯干》“幽幽南山”毛傳曰：“幽幽，深遠也。”《隰桑》“其葉有幽”毛傳曰：“幽，黑色也。”考之《說文》“幽，隱也。從山中”這裏說從山，訓為隱。其實，是說“幽”和“陰”“隱”等阜部字同義。“陰”後又作“蔭”。所以可以引申出來“暗淡”（《荀子·解蔽》“上幽下險”，注“暗也”）“深遠”等意思來。而表示“黑色”這個意思或是其假借義，本字或是“黝”。本句中的“幽草”就是黝黑色的草，用以形容草之茂盛。

毛傳鄭箋補正

大雅

文王

王國克生，維周之楨。

毛傳曰："楨，榦也。"

今按：《說文》說："楨，剛木也。"段注也沒有給出更多的分析。這個"楨"是一種木名，它用於什麼場合而如此重要，成就"國之楨"的專名?《大雅·崧高》有"維申及甫，維周之翰"，毛傳亦說："翰，榦也。"檢之《爾雅·釋詁》有"楨、翰，榦也"（榦，亦寫作幹）。可見"翰"是"榦"的假借字。舍人注說："楨，正也。築牆所立兩木也；榦，所以當牆兩邊障土也。"（分別見《尚書·費誓》正義引、《詩·桑扈》正義引。郝懿行考之細，參《爾雅義疏》，頁193）可見維周之楨之榦，說他們都是家國的棟梁，這個抽象意義來自築牆經驗。陳奐《傳疏》引《易·文言》說"貞者，事之榦也"，進而解釋說"貞固足以榦事"，因此說"楨"與"貞"通。其說不誤，然終有不達處（參《傳疏》，頁788）。

大明

摯仲氏任，自彼殷商，來嫁于周。曰嬪于京。

毛傳曰："京，大也。嬪，婦。"

鄭箋說："京，周國之地。"

朱熹《集傳》說："京，周京也。"

今按：毛傳"嬪，婦"，就是給人做媳婦的意思。所以整句詩的意思是：摯國的二女兒從殷商畿內嫁到周朝的國都，給周王季做媳婦。周王季即文王的父親。毛傳說"京，大也"，並不明說乃"京師"之"京"。為何如此呢？鄭箋也不直接說，不過在串講經義的時候，鄭玄說"嫁為婦于周之京"，陸宗達《訓詁簡論》（頁5）認為：毛傳之訓說"京師"的意思，是從"大"這個本義裏引申出來的。這個看法是對的，這是毛鄭訓詁的一個體例。今按：京有本義"大"，是。從"鯨"之得名即可見出。

涼彼武王

毛傳曰："涼，佐也。"

朱熹《集傳》說："涼，《漢書》作亮，佐助也。"

今按：陸德明《釋文》錄韓詩"涼"作"亮"，曰："亮，相也。"《爾雅·釋詁》錄有"亮、介、尚，右也""左、右，亮也"。韓詩是讀懂毛傳的橋梁，毛傳訓為"佐"，古文作"左"，《六書故》引毛傳亦作"左"。所以陳奐說：這裏的"涼彼武王"與《詩·長髮》"左右商王"是同一句法。破通假之後，可以見出毛韓詩之訓並無二致。

緜

周原膴膴，堇荼如飴。爰始爰謀，爰契我龜。

毛傳曰："膴膴，美也。"

鄭箋云："膴膴然肥美。"又說："此地將可居，故於是始與豳人之從己者謀。"

朱熹《集傳》說："膴膴，肥美貌。"又說："於是大王始與豳人之從己者謀居之。"

陸德明《音義》說："膴膴，音武，美也。韓詩同。"

今按：《文選》錄左思《魏都賦》"腜腜坰野"張載注說："腜腜，美也。"李善注引韓詩"周原腜腜"，考之《廣雅·釋訓》"腜腜，肥也"。可見，"膴"一作"腜"，當音梅。陸德明說音武，這是因為武、膴、腜、梅在上古都是明母字，音近。"爰始爰謀"之"始"毛傳不出注，鄭朱兩家都在"開始"義。清儒馬瑞辰從文法入手，以為"始，亦謀。"馬氏說："始謀謂之始，猶終謀謂之究。爰始爰謀猶是究是圖。《爾雅》基、肇皆訓始，又皆訓為謀，則“始”與“謀”義正相成耳。經以二爰字對舉，如箋云始與豳人之從己者謀，則下爰字無所用。”（《通釋》，頁 816）馬氏說有道理，這樣的句式又見《大雅・皇矣》“爰究爰度”，這裏的“究”“度”也都是“謀劃”義，對舉成義，在文法上屬於平行關係。馬說可備一說，抄錄於斯，以資博雅。

迺立皋門，皋門有伉。

毛傳曰：“王之郭門曰皋門。伉，高貌。”

今按：《玉篇・門部》引《詩》云：“高門有閌。”陸德明《經典音義》錄韓詩異文，“伉作閌，云盛貌”。可見《玉篇》所錄即是韓詩。又按：忼、伉、閌、抗、阬、坑、亢等是組同源字，都有高大之義。比如《楚辭・哀郢》有“堯舜之抗行兮，瞭杳杳而薄天”（《楚辭章句》，頁 107），其中“抗行”就是高尚的品行。《說文》著錄“阬”，曰：“阬，閬也。”又說：“閬，門高也。”可見毛詩用借字、韓詩用本字。兩家訓詁也是一致。因為韓詩“皋門”作“高門”，所以“閌”就不再訓為“高”，訓為“高盛”之“盛”，其義一也。皋門之名義，陳奐（《傳疏》，頁 809）考之詳盡，可資參考。

棫樸

濟濟辟王，左右趣之。

毛傳曰："趣，趨也。"

鄭箋說："辟，君也。君王謂文王也。文王臨祭祀，其容濟濟然敬，左右之諸臣皆促疾於事。"

朱熹《集傳》云："濟濟，容貌之美也。此亦以歌頌文王之德。蓋德盛而人心歸附趣向之也。"

今按：解詩有遠有近，本例最為顯著。毛傳說"本義"。"趣"本義即疾走，所以解釋為"趨"。鄭玄則解釋其引申義，把"趣"訓為"催促"之"促"。鄭箋所云"促疾"即催促人快走，亦通。關於"濟濟"鄭朱兩家亦是，一個說祭祀場合上的一種"容貌之美"，一個更加明確得說出這種"美"是祭祀場合"敬慕"的樣子，兩家訓釋有遠近之別，其實一也。

追琢其章，金玉其相。

毛傳曰：“追，雕也。金曰雕、玉曰琢。”

鄭箋云：“《周禮》：‘追師掌追衡笄。’則追亦治玉也。”

朱熹《集傳》云：“追，雕也。”

今按：毛傳之訓是聲音之學，“追琢”即“雕琢”。《荀子》《說苑》引正作“雕琢其章”。“追”是古端母微部字，“雕”是端母幽部字。兩者雙聲，可通假。清儒馬瑞辰《通釋》即主此說。今人孫玉文教授又指出“幽微旁轉”的上古用例多有，比如《爾雅·釋詁》“惟、猷，謀也”，前者是微部，後者是幽部。又“疇，誰也”，一個是幽部字，一個是微部字。孫氏舉書證繁富今不一一，其說考正精審，可從。可參氏著論文《鳥隹同源試證》，載《語言研究》1999年第1期。另外，毛傳“追，雕也”《四部叢刊》本作“彫”。“雕”“彫”均是借字，本字是“琱”，字見《說文》，曰：“治玉也。”

皇矣

帝省其山。

鄭箋曰："省，善也。"

今按：毛傳、朱熹《集傳》均無訓解。陸德明《音義》說："省，昔井反。"可見，"省"要破讀，是省查之省，即視察、查看義。鄭玄之訓乃是引申義，省察之目的（結果）是使完善（更好）。所以鄭箋又補充一句解釋句義，云："天既顧文王，乃和其國之風雨，使其山樹木茂盛。"檢之《爾雅·釋詁》即錄有"省、攻，善也"。今按，省察使之善；攻即"工"之借字，"攻，善也"就是說"工，善也"。《小雅·車攻》"我車既攻，我馬既同"，毛傳說："攻，堅。"這就是說車子很堅固，換句話說就是車子做得很到位即很工善。"工"是手工業者。《論語》有"百工居肆以成其事"；"功"是做功課，即工作。比如《豳風·七月》有"載纘武功"，毛傳說"功，事也"；攻，是做工作（攻治）。《呂氏春秋·上農》

有“農攻粟，工攻器，賈攻貨”，可見“工”“攻”“功”是組同源詞。

下武

繩其祖武。

毛傳曰："武，迹也。"

今按：朱熹從之。"武"這個詞有"足跡"之義，幾乎每種訓詁學教材都會講到。因為著名的"止戈為武"說是"望文生義"之例，為眾人所知。"武"從"止"（趾），其證據又有著名的"履帝武敏歆"（見《生民》），毛傳之訓亦與此處同。這本不需要多置喙焉，今讀陸宗達書，他發現在先秦"武""舞"多通用，并古有"武，舞也""馬，武也"的聲訓之例。比如《周禮・鄉大夫》錄有"五曰興舞"，《論語・八佾》"射不主皮"注引作"興武"。《春秋經・莊公十年》"以蔡侯獻舞歸"，《穀梁傳》作"以蔡侯獻武歸"。《戰國策》"秦武陽"，《史記・刺客列傳》作"秦舞陽"。陸氏解釋說：正是因為舞蹈、武鬥，都是著重"步伐"，聲同又有意義關聯，所以可以通用。陸氏說"舞蹈"應當是"武"的本義，今錄於此，聊備一說。至於“馬，武也。”（今按：見《釋名》，韋昭曰：“以其健行也。”）這個聲訓，陸氏解釋非常精彩，大意是：舞蹈、行軍都要突出腳步，所以又產生了“馬，武也”的聲訓。他說馬、羊、牛為六畜之一，在先民的經驗中，它們各有其突出特色，這保留在早期的字形中。比如，“牛”為力畜，所以造字突出其“封肩”。“羊”在六畜中主給膳，所以突出它的毛和肉。“馬”是代步工具，所以善行走是其特征。前引韋昭說“健行”，是也。《管子·形勢解》說：“馬者，所乘以行野也。”所以“馬”的小篆突出四足。（參陸氏《訓詁學的知識與應用》，頁 52）今按：出《鄭風·羔裘》的成語“孔武有力”，這個“武”也是腳印的意思，或與牛為大物有一定關係。“牛為大物”，大概在六畜中，牛的腳印也是最大的。所以在祭祀中獻祭一頭牛，古書說“一元大武”。“孔”即“大”“甚”的意思，“孔武有力”就是形容男子強壯有力，今語有“力大如牛”與之相應。

文王有聲

豐水東注，維禹之績。

毛傳曰："績，業。"

鄭箋曰："績，功。"

今按：朱熹從鄭訓。《王力古漢語字典》從古注，解釋為"工作成果，業績"，檢之馬瑞辰《通釋》說："績"乃"蹟"之假借。並說九州皆經禹治，因稱"禹迹"。《左傳》有"茫茫禹迹"（襄公四十四年），"復禹之績"（哀公元年，陸氏《釋文》說績，一作迹）等。馬氏又引《詩》內證，《商頌》有"設都于禹之績"。這些都是"績""迹"通假之例。《說文》錄有："迹，步處也。或作蹟。"馬氏說："績""蹟"同音，所以《詩》每假借"績"為"迹"。

今按：毛鄭等古注不誤，馬氏博洽，其新說有根。然回到文本，這裏說的是"豊水"東流入黃河，是大禹治理之功業。故，馬氏之說迂遠，似不可從。而其所指示之內容，極為重要，且錄於是，以資博雅。又按：《說文》“績，緝也”，段注說：“績之言積也。積短為長、積少為多。”這是“績”之本義。所以“績”是先把麻析細，然後再用手搓捻成線。《陳風·東門之枌》：“不績其麻，市也婆娑。”鄭箋云：“績麻者，婦人之事也”。（經注本《十三經》，頁 208）《豳風·七月》：“七月鳴鶪，八月載績。”（經注本《十三經》，頁 214）都是用的本義。這裏的“维禹之绩”是用其引申義。所以《爾雅·釋詁》有：“績，繼也，事也，業也，功也，成也。”這個意義《詩經》也用“緒”表示的，比如《魯頌·閟宮》有“纘禹之緒”毛傳曰：“緒，業也。”鄭箋曰：“緒，事也。”（經注本《十三經》，頁 313）

生民

實覃實訏，厥聲載路。

毛傳曰："覃，長。訏，大。路，大也。"

朱熹《集傳》說："載，滿也。滿路，言其聲之大也。"

今按：陳奐《傳疏》說："實覃實訏"，上"實"訓為"于是"下"實"是助詞。陳氏並舉"是刈是穫""是究是圖"為證，其說可從（參《傳疏》頁859）。所以陳氏说"實覃實訏"就是"言于是長大也"。毛傳曰："覃，長。"《詩》有內證"葛之覃兮""覃及鬼方"等，又《晉書》說"揚雄覃思于《太玄》"等書證。"訏，大"此訓又見諸《方言》等，也好解釋。從"于"得聲字又有"芋頭"之"芋"，也有"大"之義。而"載路"毛朱在解釋上有大分別，不得不辨。毛以為"載"為虛詞（連詞），用法同"載驅載馳"（毛傳曰："載，辭也。"）之"載"。又"春日載陽"鄭箋云："載之言則也。"今語有"載歌載舞”，亦是明證。朱熹則以實詞視之，有故“載，滿也”之訓，《康熙字典》從之。今按：毛朱之注皆通，只是訓詁的角度不同，今從毛傳。“路”訓為“大”，又見諸《皇矣》“串夷載路”毛傳：“路，大也。”其中“載”字毛傳不出注，同樣，朱熹亦是訓為“滿路”，正與此處同。又《左傳·桓公二年》有“大路越席。”杜預注曰：“大路，玉路，祀天車也。”孔疏云：“路訓大也。君之所在，以大爲號，門曰路門、寢曰路寢，車曰路車。”可見《毛傳》訓“路”為“大”義，極是。不必訓“載”為“滿”，視作虛詞更為合理。今按：毛傳訓“路，大也”，就等於說“后稷的哭聲很大啊”。朱熹是說后稷哭聲極大，都可以盈滿於一條寬大之路了。“載”確有“滿”之訓，今語有“怨聲載道”（《王力古漢語字典》頁1394給出的詞源是《宋史·葉夢得傳》），其中“載”就含有“滿”的意思了。另外《淮南子·原道》有“夫道者，覆天載地”云云，這裏的“載”也解釋為“滿”。（參劉文典《集解》本，頁21）

是任是負。

鄭箋曰：“任，猶抱也。”

朱熹《集傳》云："任，肩任也。負，背負也。"

今按："任"本義是"懷抱"。鄭箋即揭示此義。引申為"懷孕"，後來寫作"妊"。如《漢書敘傳》有"初，劉媼任高祖，而夢與神遇"，又引申為"擔負、肩負"等。《小雅・黍苗》"我任我輦"，又見《玄鳥》毛傳說："何，任也。"按："何"乃"負荷"之"荷"的初文。可見這裏的"是任是負"，"任""負"同義。擔負之物自然也稱"任"了。後來又在"肩負""任用"這個意義上引申出"相信""信任"之義來。《邶風・燕燕》"仲氏任只"，鄭箋說："以恩相親相信也。"

民勞

王欲玉女，是用大諫。

鄭箋曰："玉者，君子比德焉。王乎我欲令女如玉然。"

朱熹說："玉，寶愛之意。言王欲以女為玉而寶愛之。"

今按：鄭朱之釋可商。清儒阮元以為：玉、畜、好，古音同部相假借。玉女者，畜女也；畜女者，好女也。其說可從。詳參阮氏《毛詩王欲玉女解》，載《揅經室集》。《王力古漢語字典》據朱熹之說，在"玉"字條單列"寶愛"這一義項，或為不確。其實這裏的"玉女"是好看的女子。"玉"又有引申義"美好"。例如《尚書・洪範》"惟辟玉食"，玉食即珍美的食物。《禮記・玉藻》"盛氣顛實揚休，玉色"，玉色即（軍隊中）壯美的顏色。

板

价人維藩，大師維垣，大邦維屏，大宗維翰。

毛傳曰：“价，善也。”

鄭箋說：“价，甲也。被甲之人，謂卿士掌軍事者。大師，三公也。大邦，成國諸侯也。大宗，王之同姓之適子也。”

朱熹《集傳》云：“价，大也，大德之人也。”

今按：“介”是“价”的本字。《爾雅》錄“介，善也”，又見《小雅·楚茨》“報以介壽，萬壽無疆”，《大雅·崧高》“錫爾介圭”，這兩處用法就是“大”義，或是朱熹之所本。毛傳鄭箋訓詁角度不同，鄭玄是說“价人”即“被甲之人”，就是今語說的“披甲”的武士。毛傳的意思是這樣的“人”能保護國家，是善人。朱熹解釋為“大”，應該理解成“強大”“壯大”之“大”，這樣的甲兵可以保護國家，所以有德。朱熹之說亦通，訓詁有近有遠之故也。一說：下句是“大師”“大邦”“大宗”，那麼

“价”也訓為“大”才好。今按：有學者認為“善”是“膳”之初文，《說文》有羊大為美之說。可見善和大（美）有關係，這或是朱子之訓的知識背景。又武漢大學萬獻初教授說：“介”本義是穿在戰士身上的鎧甲。因為鎧甲身前身後各一半，所以介又有分界的意思。萬先生以為“介”“界”是古今字關係。又從鎧甲的形制，引申出“介紹”之“介”，等等。今載錄其說，供大家參考。按照萬先生意見，《周頌·思文》“無此疆爾界”（經注本《十三經》，頁 304）。這裏是指“疆界”之“界”，其初文當作“介”。

蕩

爾德不明，以無陪無卿。

毛傳曰："無陪貳也，無卿士也。"

鄭箋云："無臣無人，謂賢者不用。"

朱熹《集傳》說："陪，貳也。"

今按："陪""倍""培"是一組同源詞。《說文》說："陪，重土也。"《左傳·僖公三十年》"焉用亡鄭以陪鄰"杜預注說："陪，益也。"（經注本《十三經》，頁994）可見"陪"有"重疊""增益"的意思，其引申之義就是本詩句"輔佐"的用法。《爾雅·釋言》說"陪，朝也。""朝"即"上朝""朝見"之"朝"。清儒郝懿行《義疏》說："是陪有加益之義，朝亦所以助益人君。"（《爾雅義疏》，頁346）郝氏之說，極是。毛傳朱熹《集傳》解釋為"陪貳"，鄭箋解釋為"陪臣"，本質相同也。臣子"上朝"古有"陪位"之說，《爾雅》郭注"陪位為朝"，即是此義。章太炎《國故論衡·文學总略》說："蓋人有陪貳，物有匹耦。"

抑

夙興夜寐，洒埽庭內

毛傳曰："洒，灑。"

今按："洒"《韓詩外傳》卷六引《詩》作"灑"。《眾經音義》卷八錄《通俗文》曰："以水掩塵曰灑。"又孔穎達解釋"洒埽庭內"為"灑埽室庭之內"（台版阮刻《十三經註疏》，藝文印書館 2013 年版，頁 646），這是把"庭內"看作方位詞組。王引之認為"庭"指的是"中庭"，"內"是"堂室"。王氏把"庭內"看作了並列詞組。王說是。今人注本多不採信王氏之說，今錄於此以章其明。王引之并考證《唐風·山有樞》"子有庭內，弗洒弗埽"亦是說庭與內各為一名。（詳參《經義述聞》，頁 134）

昊天孔昭。

鄭箋曰："孔，甚。昭，明也。"

王力主編《古代漢語》從鄭康成，注曰："昭，明亮。”

今按：《荀子·勸學》有“無冥冥之志者，無昭昭之明”。從日召聲的這個“昭”字，在《勸學》語境中用法更是古朴，又同“冥冥”相對待，故其義益章。從這句話可知“昭昭”是對太陽的形容，與之相對待的是描寫黑夜的“冥冥”。

於乎小子，告爾舊止。聽用我謀，庶無大悔。

鄭箋曰：“舊，久也。止，辭也。”

朱熹說：“舊，舊章也。”

今按：朱熹之解，程俊英《注析》從之（見頁867）。鄭玄說“久也”是聲訓之法，價值亦大。舊，久也。就是說，陳舊的即是久遠的。舊章即為古人總結的因有價值而長久傳承下來的典章制度。這就是舊之訓“久”之理據。所以《豳風·東山》“其新孔嘉，其舊如之何”。毛傳說：“言久長之道也。”其實，從音韻學上看見母之部字“久—舊—韭”，是組同源詞。所以《說文》有“韭，菜名，一種而久者，故謂之韭”，韭菜之所以得名即源自久割不已之故。

桑柔

菀彼桑柔

毛傳曰："菀，茂貌。"

鄭箋曰："桑之柔濡，其葉菀然茂盛。"

陸德明《音義》說："菀，音鬱。"

今按："音近義同"，陸德明《音義》指出了"菀—鬱"同源。《秦風·晨風》有"鬱彼北林"毛傳曰："鬱，積也。"孔疏說："鬱者，林木積聚之貌。"檢之《說文》，"鬱，木叢生者"，兩字都在影母物部。翻看《說文》又錄有"薈"字，釋曰："薈，艸多貌。"並引《詩》"薈兮蔚兮"。今按，出《曹風·候人》，毛傳說："薈、蔚，雲興貌。"朱熹《詩集傳》說："薈、蔚，草木繁多之貌。"毛朱似乎差異很大，王先謙《集疏》解釋說"言山雲如草莽也"。可見薈、蔚是對陰雨即來前，風起雲湧的描寫，"繁多"是其義。所以《廣雅·釋訓》有"蔚蔚，茂也"，考之音韻，影母物部的"菀—鬱—蔚—薈"這組同源詞，都有集聚、繁茂等意思。

不殄心憂，倉兄填兮。

毛傳曰："兄，滋也。填，久也。"

鄭箋曰："民心之憂無絕已，喪亡之道滋久長。"

陸德明《音義》說："兄音況"。

朱熹《集傳》："倉兄，與愴怳同，悲閔之意也。"

今按：《釋名》說："兄，荒也。荒，大也。"其中"兄，荒也"這是音訓。可見古音兄如荒。王先謙等《釋名疏證補》（中華書局2008年整理本，頁98）錄有"兄""荒"互用例證。《詩·鶉奔》"兄""姜""彊"協韻也有例證。"荒，大也"是釋義。陽部字"荒"有大之義。這和《說文》"兄，長也"之訓相吻合。《釋文》說"音況"，可見"兄—況"是同源詞。比如《莊子》有"每下愈況"。"愈況"即"愈甚"（越來越厲害）。毛鄭訓為"滋""滋長"，是說兄有滋長增益之義，即《釋名》"大"之義。朱熹也無異議。《小雅·出車》"僕人況瘁"毛傳曰："況，茲也。"鄭箋說："僕夫則茲益憔悴。"今按："茲—滋"古今字。毛鄭也是把"況"理解成"滋長增益"即"甚"義。也就是說"況瘁"即"甚瘁"，與“每下愈況”同。又按：馬瑞辰《通釋》訓說“僕人況瘁”，認為“況瘁皆為病”，失之。

瞻彼中林，甡甡其鹿。

毛傳曰：“甡甡，衆多也。”

鄭箋云：“視彼林中，其鹿相輩耦行，甡甡然衆多。”

朱熹《集傳》：“甡甡，衆多並行之貌。”

今按：“甡甡”即“詵詵”，字見《周南·螽斯》，曰：“螽斯羽，詵詵兮。宜爾子孫，振振兮。”毛傳：“詵詵，衆多也。”鄭箋說：“詵詵然衆多。”今語作“莘莘”。細讀本詩，玩味鄭玄之說，尚有一處細節需要辨析，即鄭氏所云“其鹿相輩耦行”這裏的“輩”字用法特殊。《釋名·釋親屬》載：“妃，輩也。一人獨處，一人往輩耦之也。”王先謙《疏證補》錄葉德炯之說正引此句詩。葉氏並解釋說：“輩古有妃義，相輩猶言相配也。”畢沅曰：“妃，配同。”（王氏《釋名疏證補》，頁107）今按：葉氏說“妃，輩也”，畢沅說“妃，配同”都是在講音聲關係，即在上古妃、輩同屬微部字，一個是幫紐一個是滂紐，又“配”是物部滂紐字。三者音近可以假借。所以說“輩古有妃義”當是“輩”有“妃”的假借義。葉氏說“相輩”即“相配”，甚是。又案：相配即相比、相匹也，音聲互通之故也。前文有說，今略。

涼曰不可，覆背善詈。

毛傳曰：“善，猶大也。”

今按：《廣雅·釋詁一》有“佳，大也”，王念孫《疏證》說：“佳者，善之大也。”並舉《中山策》“佳麗人之所出”高誘注說：“佳，大。麗，美也。”又舉“覆背善詈”，王氏認為：鄭箋云：“善，猶大也。”故善謂之佳，亦謂之介；大謂之介，亦謂之佳。佳、介語之轉。今照錄王說以供同好參正。

雲漢

胡不相畏，先祖于摧。

毛傳曰：“摧，至也。”

鄭箋說：“摧，當作嗺，嗺，嗟也。”並疏通此句說：“先祖之神于嗟乎，告困之辭。”

朱熹《集傳》說：“摧，滅也。言祖先之祀，將自此而滅也。”

今按：檢之《方言》，“摧、詹、戾、屆，至也”，並解釋說：“摧、詹、戾，楚語也。”今按四字在《詩經》均有用例。《小雅·采綠》有“六日不詹”，《魯頌·泮水》有“魯侯戾止”，《小雅·小弁》有“不知所屆”。一個“摧”字毛鄭朱三家各自為說，於義皆有理據。程俊英《注析》（頁884）取朱熹之訓，似更簡宜。

昊天上帝，則不我虞。

鄭箋曰：“虞，度也。”

今按：鄭玄之訓是，朱熹從之。又清人陳奂據四章“群公先正，則不我助”，也是將“虞”可訓為“助”。檢之《廣雅·釋詁》“虞，望也”，“虞，助也。”（王念孫《疏證》中華書局1983年影印本，頁35、52）張永言另據《左傳》（“始吾有虞于子，今則已矣”）、《廣雅》、《方言》“虞”都訓為“望”的書證，張氏解釋說：“助”“望”之義是從“度”義引申來的。此說可從，詳參氏著《語文學論集》。又按“則不我虞”即“則不虞我”。據《毛詩序》，這是一首期盼雨水的詩，各種祭祀、求雨等儀式都舉行了。這句話是要責問上天怎麼幫助人呢？從文意看，“虞”陳奂等人訓為“助”更為切近。今人程俊英《注析》即采錄《廣雅》之訓（《注析》，頁887），而張氏之說勾連了《廣雅》虞字兩訓的聯繫，並同鄭玄之訓溝通了起來，可備一說，亦甚可寶。

昭假無贏

鄭箋：“無自贏緩之時。”

今按：馬瑞辰（《通釋》，頁986）考據《說文》《廣雅》有“縕，緩也”之訓，說鄭箋以“緩”訓“贏”，實與“縕”同。馬氏根據文意“群臣敬恭祀典之意，言誠能昭假于天”，這樣就會“必未有贏差者”。《廣雅》并訓“爽”“贏”為“過”。馬氏認為“無贏”即“無差忒”。今按：馬氏疏解鄭箋之訓，甚是。陸德明《音義》“贏，音盈”（《釋文》，頁382）即是音韻之證。而解“無贏”為“無差忒”不可取。林義光《通解》讀“昭”為“劭”、讀“格”為“恪”，訓“贏”為緩慢（懈怠）之誼。于是“昭假無贏”就是說“言（群臣）黽勉敬畏（祀典），不可稍緩也”（《通釋》，頁373，括號內字為筆者所加）。今從林氏。又按：“贏”之訓“緩”，又有與“挺”互用者。《荀子・勸學》“不復挺者”楊倞注錄《晏子春秋》異文作“不復贏矣”，《集解》云：“贏，緩也。”喻四歸定，挺、贏音同。楊注載錄之異文可寶。（贏、挺互用，采信龍宇純之說，詳參《荀子論集》，頁224）今人程俊英本《注析》因襲孔疏等，解釋“無贏”為“無私心”，似不可取。

崧高

吉甫作誦，其詩孔碩，其風肆好，以贈申伯。

毛傳曰："作是工師之誦也。肆，長也。"

鄭箋曰："碩，大也。吉甫為此誦也。言其詩之意甚美大，風切申伯又使之長行善道。"

朱熹曰："風，聲；肆，遂也。"

今按：細味毛鄭訓"肆"：長也、甚也。即把"肆好"理解成"甚好"（極好）。這和《說文》"肆，極陳也"《小爾雅》"肆，極也"等古訓相一致。朱熹注"風，聲"，這是解釋"風"為吉甫誦詩的"聲調"。"肆，遂也"這是把"肆"理解成語氣詞"遂"，猶如"于是"，亦通。這個用法也見諸《尚書·堯典》"肆類于上帝"。今文一本作"遂類于上帝"，史漢書引經文，亦多用"遂"代"肆"。比如《史記·五帝本紀》《漢書·王莽傳》引經即作"遂類于上帝"（詳參皮錫瑞《今文尚書考證》中華書局2009年版，頁48）。可是，從語境上看："其詩孔碩”“其風肆好”相對待。其中“孔碩”之孔是“甚”之義。比如《爾雅·釋言》即云：“孔，甚也。”“肆好”同“孔碩”對應成義，毛鄭之說更佳。另外，朱熹注“風”為“聲”（聲調），鄭玄是讀“風”為“諷諫”之諷，也是不同的。今從毛鄭。於是，整句就好理解了：吉甫作了一首詩，此詩的諷諫之意甚美。把它送給申伯以用來諷誦他，希望他長行善道。又按：朱熹“風，聲”之訓，很重要。因為它解釋早期記錄關於音樂的三分。第一層次是民間之“風”，即自然的聲音。第二層次是貴族用的“音”，比如“靡靡之音”。第三層次是天子使用的“樂”，即融音樂、舞蹈為一體的國家音樂。業師王小盾教授有專文討論過，可參。

烝民

天子是若，明命使賦。

毛傳曰："賦，布也。"

郑笺云："顯明王志政教，使羣臣施布之。"

今按：本詩又有"賦政于外，四方爰發"，鄭箋說："以布政於畿外，天下諸侯於是莫不發應。"可見這處"賦"有"布"義。陳奐以為是通假，他在《傳疏》中說：賦讀為敷，《小旻》傳云"敷，布也"，亦通。近讀趙振鐸，他說這是"一個意義和它的否定意義同在一個詞中"的"正反同辭"現象（《訓詁學綱要》，頁213）。趙氏說極是。因為"賦"在古代表示收稅（入），也表示發給（出），正是"正反同辭"的例子。比如《公羊傳・襄公十二年》"譏始用田賦也"，何休注說："賦者，斂取其財物也。"表示"發出"義的"賦"，見於《國語・晉語四》"公屬百官，賦職任土"韋昭注："賦，授也。授職事，任有土。"趙氏還舉了"廢"有"停止"

“放棄”這個常見義外，指出“廢”又有“建立”“設置”義。比如《左傳·文公二年》說：“臧文仲，其不仁者三，比知者三。下展禽，廢六關，妾織蒲，三不仁也。”其中“廢六關”，《孔子家語》作“置六關”。可見“廢”有“設置”義。趙氏實際遵循段玉裁之說。段氏在《說文注》中說：“古謂存之為置，棄之為廢；亦謂存之為廢，棄之為置。”又說：“廢之謂置，如徂之為存，苦之為快，亂之為治，去之為藏。”今按：“廢”，《說文》曰：“屋頓也。”段玉裁注說：“頓之言鈍。謂屋鈍置無居之者。引申之凡鈍置皆曰廢。”就如刀鈍了不利，屋子鈍了不可居住，所以可以引申出“停止”（居住），“放棄”（它）等意思來。放棄的東西，丟在一個特定位置，由此可以引申出“設置”義來。關於“賦”段氏說：“斂之曰賦，班之亦曰賦，經傳中常言以物班布與人曰賦。”（詳參《說文》广部“廢”字、貝部“賦”字段注。）趙氏又有“面”“寡”“如”“盍”等也有“正反同辭”現象，文繁今不具錄。另：《詩經詞典》（修訂本，頁 138）錄有“賦”詞條，不錄段、趙之說，有失允當。

常武

有嚴天子，王舒保作。

毛傳說："嚴然而威。舒，徐也。保，安也。"

鄭箋說："王舒安。"

朱熹《集傳》說："王舒保作，言王師舒徐而安行也。"

今按：天子起兵征伐徐方，軍隊舒緩而安定有序。"舒"有伸展、舒緩等義。上列三家注即是用這個意義。陸德明《釋文》說："舒，序也。"大概是"舒緩"（不急不慢）而引申出來的"有次序"。這點與《爾雅》所云"舒、順，敘也"，正合。故書序、敘通用。

周頌

烈文

四方其訓之。

毛傳曰："訓，道也。"

鄭箋曰："天下諸侯順其所為也。"

今按：毛鄭之差異，前人未辨。鄭玄以"順"釋"訓"，於毛公說為佳。《左傳·哀公二十六年》正作"四方其順之"（楊注本，頁1732），毛傳"訓，道也"，即疏導之導，引導、疏通的意思。毛鄭訓詁有遠近而已。王先謙曰"訓、順古通"，惜未給書證。其實"訓""馴""順"都從"川"得聲義，是一組同源詞。《說文》"川，貫川通流水也"，檢之甲金文，"川"象水順暢流淌的樣子（注：川流受阻就是古文災字）。所以，從川字都有"順"的意思，又有貫通、理順、馴服等引申之義。比如《說文》"馴，馬順也"。還有一個字也是從"川"得音義的字，就是"巡"。古代帝王登基後巡游天下，本質的目的是平衡各種關係，捋順天下的政治倫理順序。

換一句話說，帝王巡游各地，一番訓話，天下秩序就順了。這是古人政治觀念在文字上的體現。

無封靡于爾邦

毛傳曰："封，大也。"

今按：朱熹《集傳》注此句說："封靡之義未詳。"（《詩集傳》，頁 339）"封"之訓為"大"又見諸《商頌·殷武》"封建厥福。"毛傳說："封，大也。"朱熹從之（《詩集傳》，頁 376）。這個訓釋與"封"之本義差距甚遠。讀《邶風·谷風》有"采葑采菲。"朱熹說："葑，蔓菁也。"（《詩集傳》，頁 32）陸德明《釋文》錄有異文："葑，亦作蘴。"可見，"封"與"豐"聲同，"豐"有大之義，所以"封"訓為"大"是其假借義。陳奐《傳疏》亦作此解（《傳疏》，頁 1007），是。又按：《文選·七命》有"蹷封狶。"李善注引《小爾雅》曰："封，大也。"又是一書證矣。

雝

燕及皇天，克昌厥後。

今按：其中的“克”字，歷來注釋為“能”。這個用法涉及《尚書》“克明俊德，以親九族”（《堯典》），“克勤于邦，克儉于家”（《大禹謨》），“克成厥功”（《武成》），“曾孫不怒，農夫克敏”（《小雅·甫田》），“桓桓武王，保有厥土。于以四方，克定厥家”（《周頌·桓》）。今人劉又辛有新解：這些“可”是加在動詞之前的詞綴，不可理解成實詞。他說上述舉例的“克成”即成就、完成，“克昌”即昌盛，“克定”即安定。又《尚書·舜典》“八音克諧，無相奪倫”，克諧，即和諧、協調。劉氏並說《漢書》《後漢書》《三國志》等書中上保存着“克平”“克伐”“克責”“克復”“克勝”“克暴”“克濟”等詞語，這些“克”都是詞綴的殘留。又舉四川方言所保留的詞綴“過”來佐證，比如在四川“煮”說“過煮”，“炒”說“過炒”，“走”說“過走”，“打”

說“過打”，“駡”說“過駡”等等。這個“過”通常解釋為通過、經過，其實是動詞詞綴，是上古漢語在方言中的殘餘。其說，是。（細讀可參劉氏《漢語漢字問答》，頁43）

訪落

朕未有艾。

鄭箋曰："艾，數也。"並疏通全句說："我於是未有數。"

朱熹《集傳》說："艾，如夜未艾之艾。"

今按：艾，有"老者"之義。《禮記・曲禮上》錄"五十曰艾"鄭玄注說："艾，老也。"孔穎達疏曰："髮蒼白如艾也。"又見《方言》卷六："艾，老也。"老人閱歷豐富，所以"艾"又有經歷多的意思，見《爾雅・釋詁下》有"艾，歷也"，郭璞注說："長者多更歷。"可見"歷"即"閱歷"（經歷）之"歷"。鄭箋就是說："成王我心中沒有數（歷），于治國理政不如老年人閱歷豐富（有經驗）。"《釋詁下》又說："歷，數也。"《說文》："閱，具數於門中也。"《爾雅》錄有"厤、秭、算，數也。"以上字書都揭示："艾""數""歷"意義接近。"夜未艾"見《小雅・庭燎》。毛傳說"艾，久也"，朱熹《集傳》

釋為“艾，盡也”。毛朱兩家之訓都是從“老者”（年老）這個意義上引申的，“夜未艾”即“夜未央”，毛傳說文中義，朱熹道其引申義，其本質同。年老即經年久，事物經年久就長成，於是《小爾雅·廣言》有“艾，大也”，經年久，也就“老了”即生命走到盡頭。至今，山東方言有說老人去世作“老了”的說法。

載芟

有實其積，萬億及秭。

朱熹《集傳》說："積，露積也。"

今按：毛鄭於是無說。朱子之說，是。其說載存"積"字古義，彌足寶貴。檢之《詩經》，"積"字又見《大雅·公劉》"迺積迺倉"鄭箋曰："部國乃積委及倉也。"鄭分釋"積""倉"為二。可見"積"與"倉"對舉，當有所區別。檢之"倉"字早期字形，可知它是個象形字，象一個有蓋有戶（即門）的糧倉之形。正和朱子所云"積，露積"相對待。馬瑞辰《通釋》已張朱說，其文曰"露積曰庾"與"有屋曰倉"異。又引《史記》言公劉事跡即有"倉庾皆足"，"庾"即"積"也。（中華書局整理本《通釋》，頁 904）今考之《周本紀》不見是句，馬氏所本今已無從考實。

魯頌

閟宮

后稷之孫，實維大王，居岐之陽，實始翦商。

毛傳曰："翦，齊也。"

鄭箋曰："翦，斷也。"並進一步解釋說："大王自豳徙居岐陽，四方之民咸歸之，于時而有王迹，故云是始翦商。"

朱熹《集傳》說："翦，斷也。"

今按：毛鄭之訓有差異。檢之《說文》字作"戩"。並說："戩，滅也。《詩》曰實始戩商。"可見許慎之說和鄭玄一致。陳奐《傳疏》說"許、鄭本三家詩"，或有所本，今存錄其說。毛傳之說甚迂遠。段玉裁《小箋》說："翦，所以齊物，故釋翦為齊。實始翦商謂其氣象始與商等齊。"今按根據許慎，段玉裁實際上調停毛鄭之說，可見鄭箋是說"殲滅"商王建立了新王朝，毛傳說結果整齊了天下四方，功德可與大邑商等肩。後來治詩者又多立新說，比如馬瑞辰讀為"踐履"之"踐"，楊升庵《升庵經說》解為"福"，今不具錄。

後　記

中國學術，經學為上。尤以關乎《詩經》的研究為歷代學人所重。在古代，《詩經》注疏之作代有佳品，其數量可謂汗牛充棟，不勝其讀。清人盧文弨說：“《詩》無定形，讀《詩》亦無定解。”其說即與此相關。本書尊從毛鄭之學，其有牴牾之處，援引朱熹《集傳》以略作權衡。清儒、今人如有精彩之說，本書即一並載錄，或以疏解毛鄭之難通，或附錄于後以資博雅。換言之，本書以毛鄭等漢唐古注為綱目，搜羅眾家、傅麗其後，所謂有源有流也。

這是一部來源於日常讀書批注的小冊子，前面序文已有說明。現在，它要出版了，我自知其中還有很多問題沒有解決，一時難以令人滿意。一方面是學力不足，一方面是積累不厚。這是必須要自我檢討的。它也有其好處，比如在寫作中我對讀了詩經古今注十餘家、徵用前輩說法幾十種，且大都標識了文獻出處。它的出版可以省卻同好的翻檢之功，或有助於學，這也算是對學林有所貢獻。這是首先要向讀者交代的。還有一點不得不說，本書用字尊循了與原著用字保持一致的寫作規矩，比如在今本《毛詩》經文用“于”字，在毛鄭古注，戴震、陳奐等後人注疏中，又有用“於”與“于”字的情況。本書一仍其舊，不強作統一。這也是要向讀者交代的。

另外，這本小書寫作過程中，向師姐伍曉蔓博士有過多次請教，師姐並把《風》《雅》兩部分的書稿轉請四川大學劉長東教授審查，劉先生進行了逐條批注，讓我受益匪淺。劉先生學問高深，其寶貴意見本書都採信了，還有一些關涉音韻學、人類學等的知識超邁了我的學力，不敢掠人之美，暫未采納。這是要向劉先生報告的。直到今天，我都未見過劉先生，這份高情厚誼讓我感動。在這里要特別感謝劉先生、伍師姐，謝謝你們的鼓勵和幫助。

讀書札記本是古人著述立說的常見範式。新學風興起後，它受到現代學者的質疑。比如說它不成體系、不具有宏觀理論價值等。又在現有評價機制、期刊文章寫法等的導引之下，當代學者從事學術札記寫作的人可謂少之又少。於是，出版學術札記變成了一種奢侈。承蒙昔日同窗肖靜女史的抬愛，鄙作得以在巴蜀書社出版。這要特別感謝肖靜同學的。

這次出版除了這本《補正》，還有一本關於漢代韓詩學研究的小書，雖然都是最近才整理出來，它們卻都緣起於成都獅子山，在那里我遇到了很好的老師和同學。今出版這兩本小書算是對那段讀書生活的紀念。藉此，感謝引我入門的導師熊良智教授、王小盾教授的栽培，感謝我的父母、妻子這些年對我的理解、包容和支持，感謝上帝賜給我們的兩個小生命——陳子賢、陳集賢兩姊妹，是你們深刻地改變了我。最後，還要特別感謝著名書法家南昌大學文師華教授為本書題寫了書名，這為它增添了一份古雅之色。

是為後記。

陳緒平於洪城·讀古人書室

2020 年大暑，窗外大雨如傾